美少女揃いの
THE LAZY HERO WITH
GODDESSES WILL SAVE THE WORLD.
英霊に育てられた
俺が人類の切り札になった件

「うわっ、な、なんだよお前らはっ!?」
ウィリアム
caption
魔導学園で無能扱いを受け、退学寸前の少年。ある出来事からイリス達の弟子となるが、そのやる気のほどは――?
レイン・バートネット
caption
魔王・イリスの従者を名乗る金髪碧眼の少女。主人の命令で、ウィリアムと行動を共にすることになる。

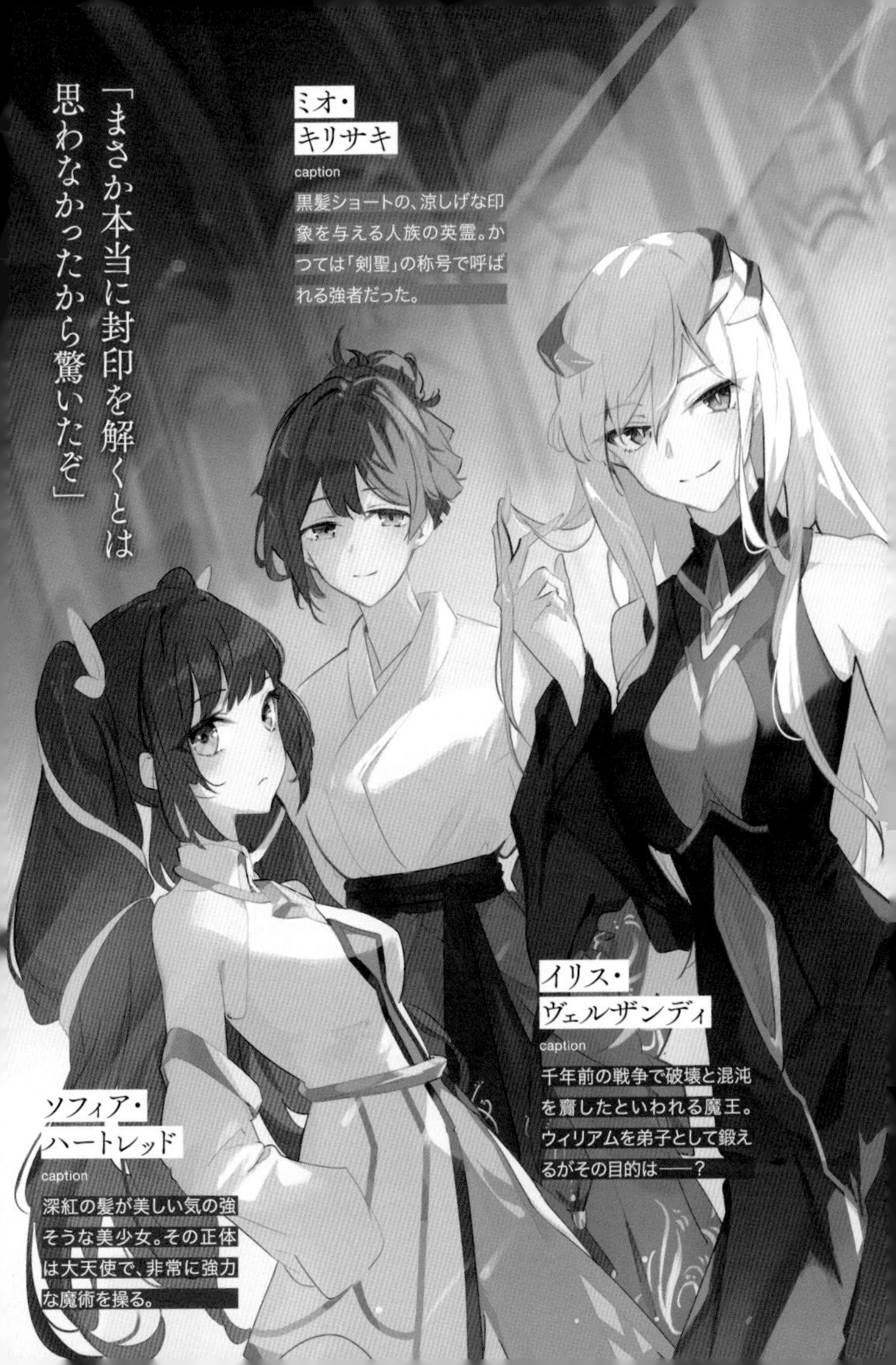
「まさか本当に封印を解くとは思わなかったから驚いたぞ」
ミオ・キリサキ
caption
黒髪ショートの、涼しげな印象を与える人族の英霊。かつては「剣聖」の称号で呼ばれる強者だった。
イリス・ヴェルザンディ
caption
千年前の戦争で破壊と混沌を齎したといわれる魔王。ウィリアムを弟子として鍛えるがその目的は――？
ソフィア・ハートレッド
caption
深紅の髪が美しい気の強そうな美少女。その正体は大天使で、非常に強力な魔術を操る。

「ようやく指導を
施すことができるな。
どうだ、うれしいだろう小僧」

「そんなわけあるか。
嫌に決まってんだろ」

「こ、これでどうよっ!?」

「これはご褒美に数えていいのかな――」

CONTENTS

THE LAZY HERO
WITH GODDESSES WILL SAVE THE WORLD.

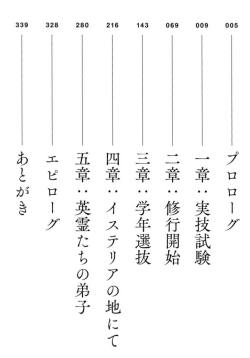

美少女揃いの英霊に育てられた俺が人類の切り札になった件

諸星 悠

ファンタジア文庫

3368

口絵・本文イラスト　kodamazon

美少女揃いの
英霊に育てられた
俺が人類の切り札になった件
THE LAZY HERO
WITH GODDESSES WILL SAVE THE WORLD.

プロローグ

それは過ぎし遠い日の思い出だった。

目を瞑《つぶ》るといまでもウィリアムは幼少の頃の出来事を思い出すことがある。


「なんで泣いてるんだよ？」

幼馴染《おさななじみ》の少女にウィリアムは尋ねていた。地方貴族の領主一族に名を連ねていたこの頃はいまよりずっと活発だった。

「魔力が普通の人より強いらしくて王都にある魔導士団に引き取られることになったの。だからこれからは王都で暮らさないといけないの」

その少女が自分と会えなくなることを惜しんでいることはすぐにわかった。

「そっか。まあ別れるのは寂しいけどさ、あんまり気にするなよ。すぐに俺も才能を認めさせて、お前のところに行ってやるからさ」

幼馴染の少女と別れるのはウィリアムにとってもとても寂しいことだった。

まだ六歳になったばかりの二人にとって親しい相手との別れは初めてだ。まして物心ついたときから一緒に遊び続けてきた相手ならばことさらだ。しかし、ウィリアムはなるべくそのことを考えないようにして明るい言葉を選んでいた。幼いながらにそうするべきだと考えたのだ。

「嫌だよ、ウィルと別れたくないよ」

「そんなことを言われてもなあ、俺にはどうしようも……そうだ」

いくら慰めても泣きやまない幼馴染の少女のために、ウィリアムは咄嗟《とっさ》の思いつきを口にする。

「もしお前がどうしようもなくなったときは俺が助けに行ってやるよ。だからもう泣くなよセシリー」

「本当？　でもわたしが行くところは魔導士団だよ。ウィルには魔力がなかったんでしょう？」

魔力、それはこの世界の遍《あまね》く人々が手にしているもの。

そんな誰もが持っていて当たり前の力を唯一持っていないのがウィリアムであり、そのことは悪い意味で国中に知れ渡っていた。ウィリアムがいずれ領主一族から追放されるという噂《うわさ》は目の前の少女にも届いていることだろう。

だが、いまこの瞬間だけは見栄《みえ》を張りたいと思った。

「気にするな。なんたって俺に不可能はないからな」

「約束だよウィル」

「ああ、約束だ。お前が困っているときはすごい魔導士になった俺が助けに行ってやる。だからそれまでは王都の魔導士団で真面目に訓練をして世界で二番目に強い魔導士を目指せよ。一番は俺だからな」

指切りをしてそれから別れた。幼馴染の少女はもう泣いていなかった。


あれから十年余りの歳月が過ぎた。

あのとき泣いてばかりだった幼馴染の少女は魔導士団でめきめきと実力をつけて、建国以来の天才魔導士として名を馳《は》せ、栄光への階段を順調に上っている。

一方でウィリアムはその後も魔力に覚醒することなく、魔力を持たぬゆえに領主一族から追放され、貴族だけでなく守るべき平民からも無能のレッテルを貼られ、貴族の義務として入らされた魔導学園では落第者の烙印《らくいん》を押され、国中の人々から最弱兵器という二つ名で呼ばれていた。

これは侮蔑、愚弄《ぐろう》、嘲笑――この世界の全てから見下された最弱兵器の物語だ。

一章　実技試験

真夜中。時計台の針がもうすぐ十二時を指そうとする中、ユークリウッド魔導学園の敷地《しきち》にはこっそり忍び込んだ少年の姿があった。薄暗闇と静寂が辺りを包む中、だるそうに歩くその黒髪碧眼《へきがん》の少年の正体は今年十七歳になる──ウィリアムだ。

「まったく本当に面倒なことになったよな。俺はサボることが生き甲斐《いがい》だってのに……」

ひとりでぼやきながらウィリアムは敷地に併設された礼拝堂へと向かっていた。

ところで歴史と伝統あるユークリウッド魔導学園は国力の象徴ともいえる魔導士を育成するための施設だ。そのような場であるからこそ、志高い学園生が多く在籍し、夜遅くまで居残りをして魔導の研鑽《けんさん》に励む者も少なくはない。

ならこの少年もそのような目的のために夜中の学園に忍び込んだのだろうか。否、そんな崇高な目的などウィリアムには存在しない。彼の目的はただひとつ、退学処分を阻止するための力を手っ取り早く手に入れることである。

もちろん怠惰を愛する彼がこのような浅はかな行動に出る理由は大したものではなく、この日の昼に友人に唆《そそのか》されたからだ。

「よう、最弱兵器ももうおしまいだって聞いたぜ。明日の実技試験で結果を出さなくちゃ退学だって言われたんだろ」

きっかけはウィリアムが屋上で総菜パンを齧《かじ》っていたとき、悪友のゼスが声をかけてきたことだった。

学園でのウィリアムのあだ名は最弱兵器。これは学園の中で唯一、いや、ウィリアムが生まれ育ったユークリウッド王国において知らぬ者はいないとされる、世界で唯一観測された魔力なしに対する二つ名でもある。

血統を重んじ平民より強い魔力を持つはずの貴族において、突如生まれた魔力を一切持たない外れ個体。有事の際にモンスターと戦う使命を負う貴族の生まれでありながら、魔力がないためまったく役に立たず、国を守護する魔導士どころか剣や槍《やり》以下の価値しか持たぬがゆえの最弱兵器。

つまるところあまりの能無しっぷりに人ではなく剣や槍などの兵器と比較され、その中でも最弱とされた雑魚《ざこ》中の雑魚がウィリアムなのである。さらには貴族籍に身を置く、あるいは置いていた者に課せられる義務として魔導学園に在籍しておきながら、そもそも魔力を有しないという理由で授業をサボり続けている問題児ですらあった。

「まあこうなったのはお前の日頃の行いのせいもあるだろうな。魔力がないにせよ、知識を詰め込んだり剣術を学んだりすることはできたはずだろ。なのに面倒臭がってどれもやりやがらねえ。おまけに授業にも出ねえから、俺たちが実力ある魔導士かどうかすらわかってねえだろ。それで試験はどうするんだ？　今回ばかりは運頼《だの》みだと厳しいと思うぞ」

「ま、順当に考えると退学が妥当なところなんだよな。できることならもう少し学園でぬるま湯に浸《つ》かっていたかったんだけど。衣食住が保障されるし、少しだけど給金も出るからなあ」

「お前、本当にやる気がねえな。でも、諦めるのがちぃとばかし早いんじゃねえか。魔力がなくても二年に進級できたんだ、どうせなら卒業してみせろよ」

「できるわけないだろそんなこと。どうしようもないじゃんか」

「ちっちっちっ、じつはそうだろうと思ってお前に耳寄りな情報を持ってきてやったんだよ。じつはこの学園には手にした者にとてつもない力を与えてくれる超越の指輪っていう魔導具が眠っているらしい。なんでも英霊の魂が封印されていて持ち主に想像を絶する力を授けてくれるそうだ。夜中の十二時に礼拝堂でお祈りすると聞こえてくる謎の声に認められたらいいらしいぞ」

「本当かよそれ？」

「ま、本当にそんな指輪があるならとっくにこの学園から英雄が何人も誕生しているだろうがな」

「やっぱりガセかよ」

「おいおい、嘘《うそ》だと決めつけるのは早計だぜ。耳寄りな情報だって言っただろ。じつはその指輪を手に入れるには資格が必要らしいんだ」

「資格？」

「そ。それがさ当人の実力じゃなくて生まれ持った資質によって判断されるらしい」

「資質って俺は最弱兵器だぞ」

「でもお前ってさ魔力は使えないけど、他になんかすげー力が眠っているかもしれないじゃん」

「お前、俺のことをそんな大事に思って――」

「ぶっちゃけお前がいなくなると、次に生活態度が悪い俺が教師の標的にされるから困るんだわ」

「…………」

「ダメでもともとだし行ってこいよ。失敗しても学園での最後の思い出作りにちょうどいいだろ」

このようなやり取りを経て、ウィリアムは万が一の可能性に賭《か》けて礼拝堂に忍び込むことにしたのだ。

ゼスが言った通りダメでもともとだし、なにかの間違いで奇跡でも起これば……まあ起こるわけないか。

礼拝堂の扉を開け、窓から差し込む月明かりを頼りになにかの英霊の像へと近づいた。壁にかかった時計の刻限はちょうど十二時。あとは祈るだけなのだが、ウィリアムは少しも気が乗らなかった。

「どうも祈るってのは性分じゃないんだよな。祈ったところで願いが叶《かな》うわけないし」

少し考えた末、ウィリアムは膝をつかずに英霊の像を見据えた。

「おいお前、せっかく夜中に来てやったんだぞ。挨拶《あいさつ》ぐらいしたらどうなんだ？」

当然のことながら返事はなかった。

ま、こんなもんだよな。

もとより英霊の声が聞こえるなど信じておらず、いま自分がやっていることは一種の気分転換や現実逃避であると理解できる理性も残っていた。

ウィリアムが踵《きびす》を返《かえ》そうとした矢先、不意に少女の声が響いてくる。

『こら、挨拶をするならまずは自分から名乗るのが筋だろう』

「えっ⁉　だ、誰かいるのかっ⁉」

慌てて周囲に目を向けるが自分以外の姿は見当たらなかった。

「ふぅ、気のせいか」

『だから自分から先に挨拶するのが礼儀だと言っているだろうがっ！』

なっ⁉　ま、また聞こえたぞっ⁉

「お、おいっ⁉　い、いったいお前はどこにいるんだよっ！」

『むっ、お前まさかわたしの声が聞こえるのかっ⁉』

「さっきからそう言っているだろ」

言い返してやると今度はなぜか少し間があった。

『……面白い。特別に先程《さきほど》までの非礼は見逃してやろう。全てを超越する力が欲しいなら下りてくるがいい』

まるで挑戦者の出現を喜ぶかのような声色だった。

英霊の像のすぐ傍《そば》の空間が歪《ゆが》み、地下へと続く階段が現れる。

これはいよいよあれか、悪質ないたずらじゃなければゼスの言っていたことが本当だったってことか。

ごくっ！　と固唾《の》を呑んだあとウィリアムはゆっくりと足を進めていく。

想定外の事態ではあったが、力が欲しいのは事実だった。

階段を下っていくうちにいつの間にか不思議な空間に変わっていた。周囲にあったはずの壁という壁が消え、青白い空間が果てしなく続いている。

そこでウィリアムの目に留まったのは、空間の中央にある台座とそこに繋《つな》がる階段だ。

よくわからないけど、あそこに行けってことか。

魔術的な仕掛けがあることは疑いようがなく、普通なら罠《わな》の可能性を疑って躊躇《ちゅうちょ》するところだ。しかし怠惰なウィリアムは深く考えることなく足を進め、特に問題なく中央の台座に辿《たど》り着《つ》いてしまった。

『ほう、まさかとは思ったが無限迷宮を抜けてくるとはな。あれはわたしたちの力を邪《よこしま》なことに使おうとする者の時間と空間を狂わせ、亜空間を永遠に彷徨《さまよ》わせることで排除する仕組みだったんだが』

なに訳のわからないことを言っているんだこいつ？

知らず知らずのうちになんらかの試練を突破していたようだが、ウィリアムには少しの感慨も湧《わ》かなかった。

『台座の上に選ばれし者に力を与える超越の指輪が封印されている。自分に資格があると思うなら触れてみるがいい』

「さっきから偉そうに。ま、噂《うわさ》の指輪が手に入るならそれでいいけどな」

安置された指輪を摘《つま》み、ウィリアムは目に近づけて検《あらた》める。

「それにしても古ぼけた指輪だな。ご利益《りやく》がなさそうだけど本当にこれで合ってるのか？」

長い時間放置されていたようで指輪はくすんでおり、本来持つべき輝きを失っているように見えた。素材には見たことがない金属が使われているようだが、それ以上のことはわからない。他の特徴はと言えば、見なれない三本柱《トリニティ》の紋章が刻まれていることぐらいか。

「どう見てもゼスの話にあったような貴重なものには見えないな。これ売ったらいくらになるんだろ」

失礼なことをつぶやいて指輪を嵌《は》めた直後、ウィリアムは不意に耳をぐっと引っ張り上げられた。

『こら、それはお前の想像もつかないような貴重な代物なんだぞ。もっと大事に扱え』

「痛《いて》てててっ⁉ な、なにするんだよっ⁉」

慌てて振り向くと、そこに見たことのない四人の少女たちの姿があった。

「うわっ、な、なんだよお前らはっ⁉ い、いったいどこから来たんだっ⁉」

『妙なことを聞くんだな。先ほどからずっとお前に話しかけていただろう。まさか本当に封印を解くとは思わなかったから驚いたぞ』

ウィリアムの耳を引っ張っていたのは、凛《りん》とした瞳に腰まであるアッシュブロンドの長い髪が特徴的な少女だ。まるで自信を纏《まと》っているかのように彼女は揺るがない存在感を放ちながら堂々と名乗ってくる。

『わたしの名はイリス・ヴェルザンディ。千年前は魔王をやっていた、よろしく頼むぞ小僧』

は？　千年前の魔王？

臆面もなくそう口にする少女を見て、なにを言ってるんだこいつ、とウィリアムは唖然《あぜん》とする。千年前に滅んだ魔王の名を堂々と口にするなど怖いもの知らずにも程がある。なにせこの世界に破壊と混沌《こんとん》を齎《もたら》した最悪の存在と称されているからだ。

次に名乗ったのは、ツーサイドアップにした深紅の髪に豪奢《ごうしゃ》な白い服を纏うアクアブルーの瞳をした少女だ。気が強そうな彼女は腕を組んでふんっとお高くとまった調子でこちらを見下ろしてくる。

『あたしはソフィア・ハートレッドよ。名を馳《は》せていた時代では大天使をしていたの。あんたのような冴《さ》えない人が気軽に話せる存在じゃないのよ。せいぜい崇《あが》めなさい』

正気かよ、大天使って天使族の最高指導者のことだろ。

天使族とは慈愛に満《み》ち溢《あふ》れた高潔な種族だと聞いていたが、やたらと強気で上から目線の態度に、関わっちゃダメなやつだ、とウィリアムは確信する。

続けて名乗ったのは、東方にあるとされる道着と袴《はかま》を身に着け腰に刀を差したアシンメトリーの黒髪ショートヘアの少女だ。彼女は前述の二人のように横柄《おうへい》な振る舞いはせず、ウィリアムの警戒心を解《ほぐ》すように優しく微笑《ほほえ》むという機転の利いた立ち回りをしてみせた。

『わたしの名前はミオ・キリサキだよ。当時は剣聖をしていて剣の妖精《ソード・フェアリー》という名でも呼ばれていたんだ。よろしくね』

おいおい剣聖って意味、絶対わかってないだろ。

類《たぐい》まれなる研鑽《けんさん》を経て人族最強に至った者しか名乗れない称号を口にする少女を前に、頭大丈夫かこいつ？　とウィリアムは呆《あき》れて言葉も出ない。

最後に残ったのは、金糸を纏ったかのようなさらさらした髪にコバルトブルーの瞳の少女だ。

『イリス様の従者をしています、レイン・バートネットと申します』

そう言ってゆっくりとお辞儀《じぎ》する様は控えめで上品と評していいものだったが、自己紹介の意味するところはやはりおかしい。

千年前の魔王、大天使、剣聖と来て、最後は魔王の従者か。

四人とも美少女といって過言ではない容姿をしているが、すっかり呆れてしまったウィリアムは面倒臭そうに頭の後ろを掻《か》いた。

「まあ一応俺も挨拶ぐらいはしてやるよ。俺はウィリアム、家名を名乗る気はない」

『ほう、ずいぶんとおざなりな挨拶だな。これでもわたしたちはかつて一世を風靡《ふうび》した存在なんだぞ。失礼だとは思わないのか？』

「偽名を使ってくる連中に真面目に挨拶しようなんて思わねえよ」

『なんのことだ？』

「あんたたちが騙《かた》っているのは暗黒時代って呼ばれる千年前に活躍した英霊たちの名前だろ。あの時代は各種族がお互いに戦争をしていたんだぞ、本物なら一緒にいるわけないだろうが」

『ふむ、種族同士で戦争か。どうやら当時の情勢が正しく伝わっていないようだな』

イリスは腕を組んだまま不満そうな表情を浮かべ、

『うそでしょ、あれだけの出来事が正しく伝わってないなんて信じられないわ』

ソフィアはかなり衝撃を受けたように目を瞠《みは》り、

『妙だね、歴史が歪みすぎている。いくら人族が天使族や魔族に比べて短命だとしても不自然だ』

ミオは違和感を覚えたように顎に手を当てて考え込む。

その後イリスたちが揃《そろ》って黙考してしまったとき、レインがこほんと咳《せき》ばらいをした。

『皆様、ウィリアムさんがおいてきぼりですよ』

『そうだったな。お前たちはこの小僧のことをどう思う？』

「おい、誰が小僧だ」

ウィリアムは抗議をしたが見向きもされなかった。

『なにが起きているかはわかっていない様子だけど、まあありなんじゃないの』

『わたしも同意見だよ。封印を解いた時点で文句のつけようはないかな』

『うむ、異論はないということだな。ならばこの小僧をわたしたちの契約者として認める』

勝手に話を纏めたイリスがこちらをびしっと指さしてくる。

『お前に全てを超える力を与える代わりに、わたしたちと魔術契約してもらう。早速だが契約に必要なお前の魔力を徴収させてもらうぞ』

「なっ⁉　なに勝手に話を進めているんだよっ⁉　そ、それに魔力だってっ⁉　お、俺にそんなものは――」

説明しようとした矢先、イリスの手がウィリアムに触れる。その直後、ウィリアムは全身から力が抜けるようにふらりとその場に倒れてしまった。

『な、なんなんだこの小僧はっ⁉　お、おい、まだ契約の途中だぞっ⁉　お、起きろっ⁉　こ、こらっ、な、なにを勝手に気絶しているんだっ⁉』

薄れゆく意識の中でそんな声が聞こえてきたが、すぐにウィリアムの目の前は真っ暗になった。

日中、ユークリウッド魔導学園の保健室にて。

「どうしてこんなところに……」

ベッドの上で覚醒したウィリアムは全身に鉛を纏ったような倦怠感《けんたい》を覚えていた。

「起きたか。案外早く目を醒《さ》ましてくれて安心したぞ」

声をかけてきたのは、椅子に座っていた養護教諭かつ担任のメイア・ベルクートだ。

「礼拝堂で倒れているキミを朝になって友人が見つけたらしい。一晩中寮に帰ってこなかったから心配していたそうだ」

「礼拝堂……。そうだ、礼拝堂だっ⁉」

昨晩の件を思い出し、ウィリアムは慌てて体を起こした。彼の右手の人差し指には、三柱の指輪が嵌《はま》っていた。

「一応訊《き》くがなにか事件に遭ったというわけではないだろうな?」

「事件ですよ事件。礼拝堂の像には異空間に続く仕掛けがあって、そこに指輪と四人の女の子がいてそいつらが俺の意識を奪ったんです。ほら、指輪だってここにあるでしょ」

「ふむ、見たところただの古い指輪のようだ。これといって魔術の気配も感じられないな」

あっさりと指輪を評価されて、ウィリアムの訴えはすぐに退けられた。

このやり取りだけ見るとメイアが熱意に欠ける教師に見えるが、実態はそうではない。むしろメイアはとても熱意に溢れた教師なのだ。

「普段やる気がないからこそ、なにか目標を見つけたときあいつは化けるかもしれません」

そう言って同僚たちを説得しながら、ウィリアムのことを偏見なしで一年間見守ってくれていた人格者がメイアなのである。

そんなメイアの懐《ふところ》の深い配慮を、授業にほぼ出ずに台無しにしてしまったのがウィリアムなのだ。そのため流石《さすが》のメイアも見切りを付けざるを得なかった。

「それに礼拝堂の像に仕掛けなど存在しないぞ。学園に古くから伝わる噂について、本当かどうか教職員で調査したことがあるんだ」

「で、でも俺は――」

「かりに異空間に続く仕掛けがあったとして、なぜその先に古ぼけた指輪が置いてあって、そのうえ女の子が四人もいるんだ。噂を信じた間抜けが寝ぼけて夢を見たと考えるほうがずっと合理的なんだがね」

「そ、それは……」

「どうやらキミは噂を真に受けたようだが、楽して強くなれる方法などあるわけがないだろう。そんな都合のいい方法だけ求めているからキミはいつまで経《た》っても最弱兵器などと呼ばれるんだ」

「でも俺は真面目に努力したところで魔術が使えないんですよ。なら無駄なことに時間を割くよりかはマシだと思いますけど」

「ふむ、それは一理あるように聞こえるな。だが、なにが無駄でなにが無駄ではなかったかを決めるのは未来の結果だ。たとえいま無駄なことだと思っていても、あとになって振り返ると無駄なことではなかったと思うこともあるぞ」

「そんな都合のいいことなんてあるわけないでしょう。大人ってそういうさも悟ったようなことをよく平気な顔をして言えますね」

「キミは本当にサボることにかけては一人前だな。だが、その調子では今日の午後にある実技試験には受からないだろう。今後の身の振り方についても考えておいたほうがよさそうだ。それで健康状態は問題なしということでいいな」

そう言ってメイアは手元の書類になにやら書き込み始めた。ウィリアムが気絶して倒れていた件で学園に報告書を作っているのだろう。その間やることがないウィリアムは先程の説教を振り返っていた。

どんなに役立つ話をされたところで結局魔力がないとどうしようもない。いったいこの先どうやって生きていけばいいんだ。

覆《くつがえ》しようのない命題によっていつも通りの結論に達したとき、

『くだらんな、そんなの実技試験で合格すればいいだけの話だろう』

「そんなことを言っても俺の実力で合格できるわけないだろ。と、というか、この声はっ⁉」

声のしたほうを振り向くと、

『まさか魔力切れで気絶するとは思っていなかったぞ。ほんの少しお前の魔力を使おうとしただけなのに虚弱すぎるんじゃないか』

イリスたち四人が当たり前のようにいた。

「で、出たっ⁉　せ、先生、こ、こいつらですよっ⁉」

「こらこらウィリアム、からかうのはよせ。安っぽい一人芝居をしたところで誰も騙《だま》されないぞ」

「騙すなんていったいなんの話ですか、ここにいるじゃないですか」

「誰もいないだろう、ふざけるのも大概にしたまえ」

ウィリアムがびしっと指さした先をちらっと見たあと、メイアは何事もなかったように書類仕事を再開した。

う、うそだろっ⁉　ま、まさか見えていないのかっ⁉

『残念だが普通の人間にわたしたちの存在を認知することはできないぞ』

『観察力がないんじゃないの、魔導士ならこの程度のこと一瞬で気づけたはずでしょ』

『あははは、迷惑をかけてごめんね』

イリス、ソフィア、ミオの発言に続き、最後にレインが無言《むごん》で軽く頭を下げてきた。

「せ、先生っ⁉　お、俺、なんかヘンなのにとり憑《つ》かれたっ⁉」

「うるさい、静かにしろ。気が散るじゃないか」

「こ、これは絶対にヤバい事態なんですってっ⁉」

『おい、まさかわたしたちの存在を他人に報《しら》せようと考えているんじゃないだろうな？』

「そうに決まってるだろ」

『やめておけ、わたしたちの存在を口外すれば想像もつかない不幸がお前に襲いかかるぞ』

「ふ、不幸ってなんだよっ⁉」

やたらと意味深《しん》な言葉にウィリアムが怖気《おじけ》づく。

「演技なのか本気なのかどちらだね？」

ウィリアムの奇行に苛立《いらだ》ちを募らせたメイアが尋ねてきたが、そんな言葉はもうウィリアムの耳には入っていなかった。なぜならば、

『この世界で暴虐の限りを尽くした史上最悪の愚者たちがお前を抹殺しにくる』

という発言が直前にあり、頭の中が真っ白になっていたからだ。

「じょ、冗談……だよな？」

『冗談でこんなくだらないことを口にはしない』

『下手しなくてもあんた死ぬわよ』

『ごめんね、残念だけど冗談じゃないよ』

えっ⁉　マ、マジなのかよっ⁉

「わ、わかったっ⁉　あ、あんたたちの言う通りにするっ‼」

聞いていた指輪の話とはまるで違ったが、命に関わるとなれば断るわけにはいかない。

『わかってくれたようだな。なら今後についての話を聞いてもらうから場所を移すぞ』

恐怖に呑《の》まれてしまったウィリアムはメイアに「勘違いでした」と伝えて保健室をあとにし、校舎の屋上に移動することにした。本来ならいまは午前の授業を受けるべきだが、ウィリアムは当然のようにサボっている。

「な、なあ超越の指輪っていうのは持ち主に圧倒的な力を授けてくれる伝説の魔導具のはずだろ。お、俺に無理やり契約を迫る権限なんてないんじゃないかっ⁉」

『むぅ、無理やりといわれるのは心外だな。なあお前たち』

イリスは仲間たちに顔を向ける。

『最初にこの小僧にわたしたちの実力を見せつけるのはどうだ？　そうすれば話が早いと思うぞ』

『それで解決するならあたしは文句ないわ』

『妙案だね。ウィル君はちょうど力に憧れを抱く年頃だと思うよ』

『決まりだな。お互いの理解を深めるために実技試験でわたしたちが手を貸してやろう』

「なんでお前たちが俺に手を貸すんだよ？」

『超越の指輪の話を聞いたなら知っているだろう、持ち主に力を与える存在がわたしたちだ。だから封印を解いたお前に協力するのは当然のことだ』

すっげー胡散臭《うさんくせ》え。いつの間にか契約の話からすり替わってるし。

「あのな俺が欲しいのは実技試験を乗り越えるための力であって、暗黒時代の英霊の名を騙《かた》る偽物《にせもの》の力じゃないんだよ」

『そういえばわたしたちのことを騙りだと疑っていたんだったな。安心しろ、その真偽も合わせて確認できるぞ』

「どういうことだよ？」

『わたしたちは本来持つべき肉体を失った精神体だ。ゆえに指輪の持ち主であるお前に憑依《ひょうい》できるからそれを利用する』

「つまりあんたたちが俺にとり憑いて代わりに試験を受けてくれるってことか」

『ああ、わたしたちの実力はお前の想像を遥《はる》かに超えている。実技試験でお前の体を通じてわたしたちの実力を示せば納得して契約できるだろう』

「残念だったな、いくらなんでもそれはふかしすぎだぜ」

こいつらと関わったら危険な気がする、と感じていたウィリアムはここで安堵《あんど》の笑みを浮かべた。

『どうしてそう思うんだ？』

「俺は生まれてこの方《かた》一度も魔力を扱えたことのない無能体質なんだ。これまで何人もの医者に診《み》てもらったけど俺には魔力がないらしい。魔力がないならあんたたちがどれだけ凄腕《すごうで》でもどうしようもないだろ」

イリスたちがお互いに顔を見合わせる。

『さっき教員ともそんな話をしていたがどういうことだ？』

『うーん、長い歳月を経ることで文明が退化したと考えるべきじゃないかしら』

『けど、こんな現象が起こるなんて俄《にわ》かには信じられないよね』

なぜかイリスたちは怪訝顔《けげんがお》になって相談を始めていた。

「なんの話をしているんだよ？」

『結論から言えばこの世界の人間に魔力を持たない者などいない。だからお前に魔力がないのは間違いだ。わたしたちならお前の魔力を覚醒させることができるぞ』

「な――」

なんだってっ⁉

ウィリアムは驚きの言葉を発しかけたがどうにか堪《こら》える。

相手は騙りである可能性が高く、本当にできるという保証はどこにもない。

『当然お前はこの話が本当かどうか疑うだろう。だから追加条件だ、わたしたちがお前の魔力を覚醒させることができなければ契約はしなくていい。これならどちらに転んでもお前に損はないだろう』

ウィリアムが普通の精神状態であればこんな胡散臭《くさ》い話は信じなかっただろう。だが、いまは違う。いずれにせよこのままでは退学確定だ。それなら騙りでもいい、魔力に覚醒する可能性に賭ける価値があるとウィリアムは踏んでしまった。

溺れる者は藁《わら》をも摑《つか》むのだ。

「そ、それでお前らが協力してくれる代わりに俺はいったいなにをすればいいんだよ?」

すると、釣れたな、というようにイリスの口《くち》の端《は》がつり上がる。

『いまは内緒だ。そのことはおいおい説明するとしよう』

『結果を出していないあたしたちがなにを言っても信じないでしょ。なら後回しでいいじゃないの』

『うんうん。契約するにしてもまずは実績を作るところから始めないとね』

かくしてウィリアムはイリスたちと約束を結ぶことになった。

午後まで時間を潰《つぶ》したウィリアムは試験会場である闘技場に顔を出した。

実技試験の内容は学園生同士の魔導試合であり、戦闘内容を通じて教師たちが評価を下す仕組みだ。

古来より魔導戦闘においては武術と魔術を併用することが基本とされているため、学園生全員が武器を持参している。中でも一番人気があるのが剣で、闘技場では腰に剣帯を装着している者が大半だ。ウィリアムも一応ロッカーに仕舞っていた剣帯と騎士剣を持参しているが、入学以来まともに使ったことはなく愛剣と呼ぶには程遠いものだ。

組み合わせ表を確認するために掲示板に向かうとゼスが声をかけてきた。

「よう、体は大丈夫だったか？」

「あ、ああ。ま、まあな」

「それで超越の指輪はあったのか？」

「さ、さあ、ど、どうだろうな。あ、あははは」

とんでもない事態に陥っていることを話すわけにもいかず、ウィリアムは笑って誤魔化すことにした。

「ま、空振りでも気にすんなよ。最後の思い出作りにはなっただろ」

ぽんっと肩を叩《たた》かれたウィリアムは、そうとも限らないんだよな、と思いながら掲示された組み合わせ表に目を通すと一番上に自分の名前を見つけた。

「げっ⁉　最初かよっ⁉」

『一番手とは幸先《さいさき》がいいな。待つのは性分ではないからちょうどよかったぞ』

『よかったですねイリス様』

嘆くウィリアムの傍《そば》では、イリスが満足そうに頷《うなず》きレインは微笑《ほほえ》んでいる。

「喜ぶなよっ⁉　こっちは心の準備ができていないんだぞっ⁉」

これまで通りの怠惰な日々が懸かっているウィリアムは思わず口を挟んでしまった。そのあとはっとしてゼスのほうに顔を向けると、ゼスは眉を顰《ひそ》めてこちらを凝視していた。

「ど、どうしたんだよ？　いきなりなにもないところに怒鳴って？　や、やっぱりまだどこか具合が悪いのか？」

「わ、わるい。一人になりたいんだ。少し外させてくれ」

がやがやと騒ぐ学園生たちの輪から抜けだして隅のほうに移動すると、ウィリアムはイリスを問い詰める。

「おい、本当に大丈夫なんだろうな。俺は魔力が使えないんだぞ」

『そうだったな、ならその問題を先に解決しておくとするか』

直後、イリスの姿が溶けて光の粒子になっていく。その粒子がウィリアムの体に流れ込むや否《いな》や、ウィリアムは奇妙な感覚に苛《さいな》まれる。自分の右手がウィリアムの意思とは無関係に拳を握ったり開いたりし始めたのだ。

「なっ⁉ ま、まさか俺にとり憑《つ》いたのかっ⁉」

『不安になる必要はないぞ、お前の体を奪ったりなどしない。そんなことよりこの体はかなり淀《よど》んでいるな』

頭の中からイリスの声が聞こえてきたウィリアムは突然の事態に青ざめる。

『魔力心臓《マナ・ハート》から生み出される淀みのせいで魔脈が閉じてしまっている。わたしの想定していた通りだがこれを取り除くのは相当痛いはずだ。男なら当然我慢できるよな、ではいくぞ』

「えっ、ま、まだ心の準備が――なっ⁉ が、がはっ⁉」

魔力心臓から突如として激痛が奔《はし》るのを感じた直後、ウィリアムは口から黒い血のようなものを盛大に吐き散らした。その後も不快感はおさまらず何度か吐瀉《としゃ》を繰り返す。それからどうにか容態《ようだい》が落ち着いたウィリアムは自分と同化した相手に抗議をする。

「い、いきなりなにをしたんだよっ⁉」

『お前の体内にある魔力を操る妨げになっていたものを排除したんだ』

「この黒い血みたいなやつのことか」

『ああ。これでお前は魔力に覚醒したぞ』

「ど、どういうことだよ？」

『この時代では忘れ去られているようだが、この世界の人はみんな生まれつき魔力を宿しているんだ。だから魔力を持たない人などいはしない』

呆気《あっけ》にとられるウィリアムの傍で、ソフィアとミオが吐き出された黒い血のようなものに注目していた。

『ふーん、ずいぶんと溜《た》まっていたようね』

『でも妙だね、普通の人族にはこんなに淀みなんてないはずだよ』

『もしかするとお前の性格が悪いせいでどんどん淀みが増していったのかもしれないな』

「う、うるさいっ⁉」

我慢できずウィリアムは声に出してしまっていた。

「だ、大丈夫かよっ⁉　こ、これから試験なのに思いっきり吐いてっ⁉　そ、それにお前、さっきからいったい誰と会話しているんだっ⁉」

「えっ⁉」

気づけば目の前には心配そうに様子を窺《うかが》ってくるゼスがいた。さらに、落ち着いて周りを見れば多くの学園生たちがウィリアムに憐《あわ》れみの目を向けている。

『闘技場の端で目立つのはお控えになられたほうがよろしいと思います』

レインから指摘され、ウィリアムは心底後悔する。

や、やっちまったっ⁉

「試験前から吐くとか本当に最弱兵器だな」

「しかも幻覚と会話までするとか、虚弱にもほどがあるんじゃないの」

学園生たちの野次も聞こえイリスたちが眉を顰めるが、慣れているウィリアムは聞き流していた。

「実技試験を始めるぞ。みんな整列しろ」

担当のメイアが来て実技試験について説明する中、ウィリアムは小声でイリスと協議をしていた。

「ここまでして俺の体で魔術を使えなかったら許さないからな」

『気づいていないのか、魔力はもうお前の中に芽生えているぞ。感覚を研ぎ澄ませば、体の奥底でうねる力を感じられるはずだ』

「あ、あることにはあるけど魔力かどうかなんてわからねえよ」

本当は自分でも魔力だと思うのだが、素直に口にするのは憚《はばか》られた。

イリスたちのいいように話が進むのが気に入らなかったのだ。

『そうか、お前はこれまで無縁だったからわからないのか。まあいいぞ、その点についてはこれから証明できるからな。それといま小声で喋《しゃべ》っているが、お前が指輪をしているお陰で念じるだけで会話はできるぞ。もちろんわたしだけでなく他の連中ともだ』

（そんな大事なことは最初に教えろよっ⁉）

念話でウィリアムが抗議する最中、ソフィアとミオが憑依《ひょうい》してきた。これでレイン以外はウィリアムに憑依していることになる。

『そういえばお前の相手は何者なんだ？』

ここでウィリアムは自分の試合相手の確認を怠っていたことにいまさら気づき、メイアの説明が終わるのを待ってゼスに尋ねる。

「なあ、今日の俺の相手って誰だかわかるか？」

「お前、ちゃんと確認してなかったのかよ。つーかこの分じゃメイアちゃんの説明も聞いていなかっただろ」

やれやれ、と呆《あき》れるようにゼスは人差し指でこめかみのあたりを掻《か》いた。

「お前の相手はあのセシリー・クライフェルトだよ。史上最年少で王都の魔導士団に入団した天才少女。俺たちの実技試験はセシリーちゃんの編入試験を兼ねているんだってさ。お前、本当に運がないよな」

「なっ⁉　セ、セシリー・クライフェルトだってっ⁉」

この場にいるはずのない彼女の名前を聞き、ウィリアムが大きく目を瞠《みは》った。それからすぐにメイアから名前を呼ばれたウィリアムが壇上に上がると、そこには幼少期に何度も目にした、くるっと若干カールのかかったアメジストの髪に、碧《あお》い宝石のような瞳をした少女の姿があった。

「久しぶりね、ウィル」

「な、なんでお前がここにいるんだよっ⁉　魔導士団勤めのはずだろっ⁉」

「魔導士団での貢献が評価されて、特別に学園に通うことが認められたのよ。学園を卒業すれば宮廷魔導士への道もひらけるらしいわ」

真っすぐな眼差《まなざ》しでこちらを見ながら、セシリーは口元を綻ばせている。

そのような彼女のひとつひとつの所作から、迷いも穢《けが》れもない高潔にして清廉な人物であることが見てとれた。

「な、なあセシリー、じつは俺この試験の結果が悪いと退学になるんだ。こっちの事情を汲《く》んでわざと負けてくれたりとかは――」

「当然だけど手を抜くつもりはないわ、覚悟しておいてね」

なんの迷いもなく言い放ち、騎士剣を構えるセシリー。

なんてことだ、とウィリアムは頭を抱えたくなる。

なに不自由なく生きてきた天才がこのタイミングで立ちはだかるなんて……。

『なぜこの状況で手加減をお願いするんだ。男のくせに器《うつわ》が小さすぎだろう』

（う、うるさい。こっちは死活問題なんだよ）

『それであの小娘は何者なんだ？』

（た、ただの幼馴染《おさななじみ》だよ。俺と違って子供の頃からとびっきり優秀だったけどな）

当時目《ま》の当《あ》たりにした圧倒的な力量の差の記憶が蘇《よみがえ》ってくる。セシリーの魔術を前に、抵抗することすらできずに吹き飛ばされたものだ。己の無力さは幼心に深く刻まれている。

（どうするんだよ、勝ち目なんて絶対にないぞ）

『いいや、勝ち目はある。というか勝ち目しかないと言っていい。お前の幼馴染はこの時代では優秀なようだが、それでもわたしたちの実力には遠く及ばないからな』

なんでこいつはこんなに自信があるんだ？

『そんなことよりわたしはお前の反応が気になるな。ただの幼馴染というわりにはずいぶんと気にしていたように見えたぞ』

（なっ⁉　ち、ちげーよっ⁉）

『あれ、あれあれー。ふふっ、もしかしてそういうことなのかしら？』

『うんうん、わたしもわかっちゃった。ついでにウィル君の恋愛観とか知りたいなー』

（か、からかうなよっ⁉　そ、そんなことより、もうすぐ試験が始まるぞ。俺はどうしたらいいのかとっとと説明しろっ⁉）

『うむ、お前はその身をわたしたちに委ね、目を開けていればそれでいい』

（それだけでいいのか、相手はあのセシリーなんだぞ）

『どれだけ優秀だとしても、こちらは三人で相手は一人なんだからまともな勝負にならないぞ』

（三人って言っても俺の体を操れるのは一人なんだから実質一対一じゃねえか）

『いいや、一対一じゃない。わたしたちは途中で入れ替われるから、それぞれが得意な分野で自在に力を発揮できるんだ。これはとんでもなく有利なことだぞ』

（本当かよ？）

『ああ、わたしたちの勝ちは絶対に揺るがない』

　これまで魔導に触れようとしてこなかったウィリアムには根本的に知識が欠如しており判断がつかない。だが、眠っていた魔力を目覚めさせたイリスたちがここで嘘《うそ》をつくとも思えなかった。

（俺は学園の授業をサボりまくってるからわからないんだけど、そういうものなのか？）

『そうだ、だからなにが起こっても驚く必要はない。当たり前のことだと思って見ているがいい』

闘技場の舞台では、イリスたちに憑依されたウィリアムがセシリーと向かい合っていた。

「調子が悪いようだけど、わたしは手加減するつもりはないわよ」

セシリーが白い鞘《さや》から騎士剣を取り出し正眼《せいがん》に構える。

「手加減など必要ないぞ。勝つのはわたしたちに決まっているからな」

対するウィリアムはイリスが腰の剣帯から騎士剣を抜き中段に構える。

(なんでお前が言うんだよっ⁉)

『お前が格好悪いことを言いそうだったからに決まっているだろう。そもそもわたしたちに体を委ねるという約束だ、あまり細かいことを気にするな』

(…………………)

とりあえず勝ってくれるなら、と考え直したウィリアムはイリスたちが圧勝することを信じて黙ることにした。

「口調が変わったようだけどなにかの心境の変化かしら？」

「気を散らせて悪いな、こちらの事情だ」

僅《わず》かに目を細めるセシリーを前に、イリスは不遜な態度を崩さない。

双方が騎士剣を構え対峙《たいじ》する中、メイアが試合開始の合図を出した。

「始めっ！」

直後、機先を制するように天才魔導士《セシリー》が動く。

「わたしがあなたに引導を渡してあげるわ」

そう言って騎士剣を手にしたセシリーが一気に間合いを詰めてきた。目に見えてわかるほど機敏《きびん》な動きなのは、身体強化魔術の恩恵だろう。

『最初は剣術で勝負したいようだ。ここはわたしではなくミオの出番のようだな』

『任せてよリス。それにしても、久しぶりの手合わせになるから少し緊張するな』

ウィリアムの肉体の意思決定はミオに委ねられた。

「さあ、遠慮はいらないからどーんとおいで」

千年前にミオに与えられた称号は剣聖。古今東西、人類最強の剣士に与えられる称号が剣聖である。本物であるなら一度《ひとたび》剣を握れば斬れぬものなどない。

「せめてもの情けよ、一瞬で倒してあげるわ」

すでに間合いを詰め切ったセシリーが騎士剣を振り下ろそうとする。その狙いは明白。

身体強化魔術を使えないウィリアムを真っ向から叩《たた》き潰そうとしているのだ。

「あははは、それは少し考えが甘すぎるんじゃないかな?」

なんの捻《ひね》りもなく正面から放たれた袈裟《けさ》斬りに、ミオは当然のように騎士剣で対応する。

だが、それはセシリーには愚策に見えたようだ。

「いいえ、魔術を使えない時点であなたの負けは決まっているわ。あなたは弾《はじ》くことも受けとめることも許されないのよ」

身体強化魔術の有無《うむ》による差は絶対的であり、覆《くつがえ》しようがないというのが常識だった。

しかし次の瞬間、想定外のことが起こる。

「えっ⁉」

セシリーから放たれた斬撃を、ミオは自らの騎士剣の刃《やいば》で滑らせて、まるで氷の上を滑らせるが如《ごと》く受け流してみせたのだ。

「や、刃を受け流す剣術っ⁉ で、でも、こっちは身体強化魔術を使っているのにっ⁉」

想定外の事態に困惑したセシリーが大きく目を瞠るのがわかった。

「驚くようなことじゃないよ、千年前はこれぐらいできないと生き残れなかったんだ」

ミオが指摘してやると、気を引き締め直したセシリーから再度斬撃が放たれる。その都度ミオは斬撃を滑らせてあっさりと受け流してみせた。

斬撃を逸《そ》らされる都度、セシリーの表情に明らかな陰りが差していく。

なぜならば、

「し、身体強化魔術を使っていないのになぜわたしの動きについてこられるのっ⁉」

接近戦では必須とされる魔術抜きで渡り合う者がいるなどありえないことだからだ。

「ふふっ、どうしてだと思う？」

「質問に質問で返すのは感心しないわね」

直後、セシリーの騎士剣が宙を斬った。否、ただ宙を斬ったのではない。どういう芸当かわからないが、空振りした騎士剣の上にミオが当たり前のように立っている。

「ウ、ウィルっ⁉　あなたまさか、ま、魔術を使っているのっ⁉」

「残念、これは魔術ではなく単なる技術だよ。動きだす前のキミの重心の変化を見ればどう動くか予想することは簡単なんだ。細かいところは経験と勘で補えばいいしね」

「そ、そんなことをできるわけが――」

技巧の極致とでもいうべき所業を前に、セシリーは戦いの中で我《われ》を忘れたように呆《ほう》けてしまっている。

「これでどちらが上かわかったかな。キミはわたしを侮《あなど》って早々に決着をつけに来たようだけど、純粋な剣術においてまだまだキミは修練が足りていないよ」

本気を見せてみろ、と暗に唆《そそのか》したミオは後方に大きく跳躍する。一方でセシリーは自らの未熟や怠慢、そしてあらぬ質問をしてしまった事実を恥じるかのようにその双眸《そうぼう》でこちらを見据えてくる。

「全力で行かせてもらうわっ‼」

このままだとジリ貧だと悟ったのだろう、セシリーは右手に持つ騎士剣に実体化するほどの魔力を宿らせて肉薄してくる。

「はあああああああっ！」

「ふーん、これは【フィアース・ピアシング】だね」

その直後、セシリーの華奢《きゃしゃ》な見た目からは想像もできないほどの獰猛《どうもう》な突きが繰り出され、衝撃波《しょうげきは》とともに迫ってくる。

「これを受け流すのはちょっと難しいな」

この窮地でミオはにやりと笑った。

「キミは素質があるようだから特別に面白いものを見せてあげる」

次の瞬間、ミオの見える世界が恐ろしくゆっくりとしたものになる。

まるでスローモーションのように時が流れる世界で、唯一高速で動けるミオが無造作《むぞうさ》に騎士剣を振り抜く。たったそれだけでとんでもない衝撃波が生み出され、【フィアーズ・

ピアシング】ごとセシリーを吹き飛ばした。

「なっ⁉　なにが起こったのっ⁉　身体強化魔術なしであんな力は出せないはずっ⁉」

超常現象のような技術に驚くセシリーは僅かな間注意が疎《おろそ》かになる。その間にミオは上空に向かって高々と跳躍した。右か左か、ミオの姿を見失ったセシリーが首を左右に振る。

しかし、そのどちらにもミオの姿は見当たらない。ならどこに？　そう思っているだろうセシリーに声を出して教えてやる。

「どこを見ているの、わたしは上だよ」

「くっ⁉」

上からの勢いをつけた一撃がセシリーを盛大に吹き飛ばした。

「咄嗟《とっさ》に後ろに跳ぶことで直撃を避けたか、いい判断だったね。まともに逆落《さか》としを受ければもう立ち上がれなかったはずだよ」

涼しい顔でミオが講評する最中、どうにか気絶を免《まぬが》れたセシリーは完全に目を瞠《みは》らされていた。

「こ、こうも翻弄されるなんてっ⁉　あ、あなた、どれだけ剣術の修行を積んだというのっ⁉」

きっといまセシリーの碧《あお》い瞳に映るウィリアムの姿は実態よりとても大きく映っている

ことだろう。大人と子供以上の、それこそ絶対に越えられない壁が立ちはだかっているような実力差がそうさせるのだ。

「これで力の差はわかったはずだけど、どうするのかな」

「剣術であなたに敵《かな》わないことは認めるわ」

敗北を認めたセシリーの表情は試験開始前と変わっておらず、自信が揺らいでいないように見えた。

「でも残念ね、これで終わりよ。――穿《うが》て【アイス・ニードル】っ！」

魔術による攻撃は魔力なしのウィリアムでは絶対に対抗できないものであり、これこそがセシリーの自信の根拠だろう。

しかし彼女は知らない、いまウィリアムには千年前の英霊たちが憑依《ひょうい》していることを。

『フィア、任せるよ』

『ええ、あたしに任せなさい』

ミオと交代して出てきたのはソフィアだ。

千年前にソフィアに与えられた称号は大天使。それは魔術に秀《ひい》でた天使族の最高指導者に与えられる称号だ。

「あら、詠唱が必要なんてずいぶんとかわいい魔術ね」

飛翔《ひしょう》してくる幾つかの氷の針を前に、口元に笑みを浮かべたソフィアは指をぱちんと鳴らす。次の瞬間、ソフィアの周囲に次々と【ファイア・ボール】が発現した。

「あ、あなた魔術を使えたのっ⁉　それに、い、いまの魔術はまさかっ⁉」

「この程度のことでなにを驚いているの」

ソフィアが放った五つの火球は正確な軌道で氷の針を破壊した。

「ど、どうしてあなたが失われたはずの無詠唱魔術を扱えるのっ⁉　も、もしかしてそれを隠すためにいままで魔力無しを演じていたのっ⁉」

「そんなせこいことをあたしがするわけないじゃないの。それにしても無詠唱魔術が廃れたなんて、この千年の間にずいぶんと文明が後退したようね。見たところ、詠唱なしで発現できるのは単に魔力で肉体を活性化させる身体強化魔術だけといったところかしら」

困惑するセシリーなど眼中にないようにソフィアがつぶやいた。

「どうやって無詠唱魔術を習得したの？」

「使えるから使える。いまはそれ以上のことを教えるつもりはないわ」

「そう。でも、あなたが無詠唱魔術を使えるからといって負けを認めるつもりはないわ。【アイス・ランス】【アイス・ランス】【アイス・ランス】っ！」

まるで槍兵《そうへい》で横隊を組むかのようにセシリーは氷の槍《やり》を並べてくる。

「接近戦で身体強化魔術を使ってこなかったことから察するに、あなたは魔力量に自信がないはずよ。しかも今度は第二階梯《かいてい》魔術【アイス・ランス】。第一階梯魔術【アイス・ニードル】よりも強力よ。これだけの規模の魔術を相殺《そうさい》すればあなたはかなり疲弊するんじゃないかしら」

「ふーん、悪くない読みね。たしかに事情があって魔力消費は抑える必要があるわ」

「ならこれで終わりねっ！　貫けっ！」

ソフィアに向かって無数の【アイス・ランス】が放たれる。審判をしているメイアがそれまでと宣言しようとしたとき、ソフィアがふっと微笑《ほほえ》んだ。

「でも、大雑把であれば幾らでもやりようはあるわ」

ソフィアが翳《かざ》した右手から巨大な炎の爆撃が生み出され、氷の槍を全て呑《の》み込んだ。

「なっ⁉　い、いまのはまさか第三階梯魔術【ファイア・ブラスト】っ⁉」

「素質は悪くないと思うけれど魔術の運用が雑ね。正面から放つだけが魔術じゃないわ」

驚愕《きょうがく》するセシリーを見て、注意が散漫になっていると判断したソフィアはさらなる魔術を発現する。その直後、ソフィアは一歩も動くことなくセシリーの真後ろに転移した。

「隙がありすぎね。戦いの最中で動揺するのは未熟である証拠よ」

突然の声に慌てて振り向いたセシリーは先程まで正面にいたはずのソフィアがなぜか自

分の背後にいることに混乱したようだ。

咄嗟に間合いを取りはしたが、未知への困惑がはっきりと顔に表れている。

「い、いまのは【ソニック・ムーブ】っ⁉　いえ、それでもわたしなら気配でわかるはず。なのにまったく気づかせないなんて、ま、まさかいまのは伝説の魔術と謳《うた》われる【テレポート】っ⁉」

学園の在校生が使える第一階梯魔術や第二階梯魔術ではなく、卒業生レベルの第三階梯魔術でもない。その遥《はる》か上を行くであろう未知の魔術を無詠唱で発現してみせたウィリアムに、見学していたクラスメートたちが声を上げる。

「お、おい、あれは最弱兵器じゃないのかっ⁉」

「な、なんで当たり前のようにあんな強力な魔術を使っているんだよっ⁉」

国中の誰もが知る最弱兵器が天才を翻弄する姿に、皆《みな》が驚愕せざるを得ない。

「あ、あなた、本当にウィルなのっ⁉」

前評判とは似ても似つかない実力に、セシリーはウィリアムの正体を疑ってきた。

『あとは仕上げね。任せたわよイリス』

『ああ、最後はわたしが派手に決めてやる』

ソフィアに代わり出てきたのはイリスだ。千年前にイリスに与えられた称号は魔王。言わずと知れた魔族最強の存在である。

「いままで実力を隠していたのね。なんのためか知らないけど完全に騙《だま》されたわ」

セシリーの言葉を聞き、ウィリアムに憑依するイリスが笑った。

「お前がそう考えるのも無理はないとだけ言っておこう」

「ウィル、これまでの手合わせを通じてあなたの魔導が、剣術と魔術が優れているのはよくわかったわ。でも、魔導士の本質はその両方の特性を併合して戦う総合力にある。そしてあなたが才能に甘んじるあまり鍛錬してこなかったのはその体つきを見ればわかるわ。そこがあなたの弱点よ」

「どうするつもりだ？」

「わたしがいま持てる全てを攻撃に組み込み、間断なくあなたを攻め立てる。そして隙を作って最高の一撃を叩《たた》き込むわ」

「ふむ、発想は悪くないようだがそれだとつまらないな」

「つ、つまらないっ⁉」

動揺するセシリーの前で、イリスはにやりと不敵な笑みを浮かべる。

「ああ。わたしに隙ができると考えているようだが、お前がどれほど足掻《あが》いたところで隙など生じない。わたしがその気になればこの場から一歩も動かずして全てに対処できる」

するとセシリーの固唾を呑む音が聞こえてきた。

言わずと知れた最弱兵器と天才魔導士が対峙《たいじ》しているにもかかわらず、状況は当初の予想と全く異なっていた。

どちらが優勢かは誰の目にも明らかで、そのことを最も痛感させられているのは相対している当人だろう。

天才魔導士の瞳に映るのは間違いなく想像を超えた怪物だ。

「そんなに緊張する必要はないぞ。せっかくこのわたしに挑んでいるんだ、お前に世界の広さぐらいは教えてやろう。さあ全力の一撃を放ってこい」

堂々とイリスが言い放った。

「まるで大魔導士みたいなことを言うのね。でも、いまのわたしとあなたの間にはそれを自然と受け入れさせるほど差がある。けれど油断したことを後悔させてあげるわ！」

セシリーが騎士剣を胸の前で捧《ささ》げるように構える。

「我願うは無音の世界、万物が悉《ことごと》く凍りつき、そこにあるのは唯一静寂のみ。生きとし生ける者全てが儚《はかな》き悲しみに囚われる、現れよ、絶対零度の氷華っ！」

あらん限りの力を振り絞ったセシリーは五枚の氷の花弁を持つ絶対零度の華を顕現させた。氷華の齎《もたら》す凍《い》てつく冷気は闘技場すべての温度を奪うように辺り一面を凍りつかせていく。

「お、おいっ⁉　こ、こっちまで来るぞっ⁉」

「ま、巻き込まれるぞっ⁉　に、逃げろっ⁉」

見学していた学園生たちが慌てて距離を取る中、冷気に撫《な》でられたイリスは一歩も退かなかった。

「ほう、第四階梯魔術【ブリザード・ブラッサム】だな。それだけ魔力を込めれば発現後にお前は立つことすらままならないだろう」

「ええ、お言葉に甘えて全力を出させてもらったわ。行くわよ、咲き荒れろ【ブリザード・ブラッサム】っ！」

触れた者の全てを包み込む絶対零度の氷華がイリスに襲い掛かってきた。

「少しは面白くなってきたな。ちょうどいい、小僧、お前もよく見ておけ。これからお前が手に入れることになる力の真髄をっ！」

一気に魔力を高めたイリスはウィリアムの身に宿る魔力の一切を燃やし尽くす勢いで昇華していく。直後、ウィリアムの体から魔力すらも超越するような黒いオーラが生みだされ、やがてそれは手にした騎士剣に集まり始めた。

「なっ⁉ なんなのその圧倒的な魔力はっ⁉」

ウィリアムにはそれがどれほど危険なものかはわからない。一方で、対峙するセシリーは想像を絶するほどの異常な力を前に完全に呑まれた顔をしている。

「覚えておくがいい、どれだけ誇りを込めた力でも圧倒的な力の前には全てが無に還るっ！」

イリスが黒いオーラのようなものを纏《まと》った騎士剣を振り抜く。その直後、黒いオーラが飛翔する斬撃として放たれ、全てを斬り裂いた。一瞬の間を置き、巨大な氷華はダメージを受けたことを思い出したかのように粉々に砕け散った。

「ま、まさかっ⁉【ブリザード・ブラッサム】が破壊されるなんてっ⁉」

「悪くない一撃だったぞ。相手がわたしでなければもう少し奮戦できただろうな」

その直後、魔力を使い切ったセシリーが前のめりに倒れた。同時にイリスの力に耐えきれなかったウィリアムの騎士剣も剣身が粉々に砕け散る。

「勝者、ウィリアムっ‼」

静まり返った闘技場にメイアの判定が響き渡った。

よしっ、これでしばらくは将来のことに頭を悩まされずに済む。

魔導試合に勝利できたウィリアムは自分がしでかしてしまったことに気づいておらず、意気揚々と舞台を降りた。だが、舞台を降りて以降クラスメートや教師たちの様子がおかしい。なぜだか知らないが皆一様に著しい困惑をウィリアムに向けており、中には口をぱくぱくさせたり、目が合って腰を抜かした者までいる。

（お前らなにかおかしなことをしたんじゃないだろうな。みんな戸惑っているみたいだぞ）

普段ならあからさまに最弱兵器と見下してくる連中が誰一人罵倒してこないのは、はっきり言って気色悪かった。

『なにもおかしいことなんてなかっただろう。強いほうが勝っただけだ』

（だよなあ）

原因がわからずウィリアムは首を捻《ひね》った。

繰り返しになるが、これまで魔力なしとしての人生を歩んできたウィリアムは魔導学園に在籍しながら魔術に関わらずに生きてきた。なので学園の魔導士がどの程度強いだとか、世間一般ではどの程度の魔術が使えればいいだとか、魔術に関する根本的な知識が欠如しているのだ。

なんだか周りの様子が妙だけど退学は防げたからいいか。

あっけらかんとしたウィリアムのもとに、血相を変えたゼスが駆け寄ってくる。

「お前、いま自分が何をしたのかわかっているのかっ⁉」

「ああ。実技試験でちょっといい成績を残しただけだろ」

「ちっげーよっっっ！　お前がいま倒したのは氷華の騎士、もっとわかりやすくいえば誰もが認める本物の天才だぞっ⁉　それにお前の戦闘内容が色々と……あーくそっ、とんでもないことが多すぎて言葉が浮かんでこねえっ⁉」

異常なまでに興奮しているゼスを見ても、ウィリアムはまだぴんとこなかった。

（そんなにすごいことなのか？　二つ名持ちっていっても俺と同《おな》い年だろ）

『たしかにあの小娘には素質を感じたな』

『まあ、状況判断は的確だったんじゃないの』

『剣筋は悪くなかったと思うよ』

（ふーん、素質を感じる程度には優秀だったのか）

イリスたちの評価を聞いても、特殊な三対一なら勝てて当然と考えているウィリアムはイリスたちがしでかしたことを理解していない。

「誰もが知る天才をあんな風に一方的に倒すだなんてお前いったいどうしたんだ？　いつ

魔力に目覚めたんだよ？」

「えーっと、それはだなあ……」

言い訳を用意していなかったウィリアムは言葉に詰まった。同時にゼスの口ぶりから、もしかしてこいつらって騙《かた》りじゃなくて本当にすごいやつらなのか？　とイリスたちについての評価を修正し始めた。

「それについてはわたしも教えてほしいわね」

声をかけてきたのは先ほどまで手合わせしていたセシリーだ。

「もう起き上がって大丈夫なのか？」

「魔力を使いすぎて気絶しただけだから平気よ。そんなことよりあなた、いつ魔力に目覚めたの？」

二人目からも同じことを訊《き》かれ、ウィリアムはイリスたち自分《》がなにかしでかしたという疑念を深める。

「そ、それがだな、その……」

簡単には逃がしてくれなそうな重圧を放つセシリーを前に、ウィリアムは躊躇《ためら》いがちに本当のことを告げる。

「きょ、今日」

「『今日？』」

二人揃《そろ》ってオウム返ししてきた。その後、

「あ、あなたっ⁉　ま、まさか今日魔力に覚醒したって言いたいのっ⁉」

「ま、まあな」

「【ディテクト・ライ】っ⁉　なっ⁉　いや、こんなはずが……。【ディテクト・ライ】【ディテクト・ライ】【ディテクト・ライ】っ⁉　げっ、ま、まさか本当に今日だっていうのかよっ⁉　な、なんだよこれ、理解が追いつかねえっ⁉」

嘘《うそ》を見破る魔術を行使したゼスは衝撃に打ちひしがれたように顔を引《ひ》き攣《つ》らせる。

「な、なら、ど、どうやってあんなすごい力を手に入れたのっ⁉」

えっ⁉　い、いまなんてっ⁉

「身体強化魔術を破るほどの超越した剣術、現代では失われた無詠唱魔術、正体不明のオーラによる一撃。どれをとっても間違いなく熟練者顔負けの実力よ」

も、もしかしてあれって普通じゃなかったのかっ⁉

このタイミングでウィリアムはこれまでの言動を振り返った。

イリスは三対一だから勝てて当然と主張し、それをウィリアムは信じていた。

しかし、どうやらその認識は間違いのようだ。もし自分がとんでもないことをしたなら、という仮定のもとでウィリアムは脳内シミュレートをしている。

Q．どうやってあんなすごい力を手に入れたのか？

A．じつは自称英霊に憑依《ひょうい》されてそいつらが戦ったんだ。三人＋一人いて千年前の人物らしいぜ。

…………………

……………

……

だ、ダメだっ⁉　教えたらどう考えてもメンヘラ扱いされるだろっ⁉　っていうかあいつらって騙りじゃなかったのかよおおおおおおおおおおおおお――――っ⁉

正直に言おう、ウィリアムはイリスたちのなにがどの程度すごいのかはまったくわかっていない。まともに魔術を学んでこなかったため、いわゆる成人の魔導士の実力や大魔導士などと呼ばれる偉人がどの程度の実力者なのかは一切わからない。

しかし、だ。

イリスたちがとんでもないことをしてしまったことぐらいは理解できていた。となれば当然イリスたちの正体が気になるが、もしこの場で尋ねて予想通りの答えが返ってきたとしたら、セシリーたちの前で平静を装《よそお》う自信がなかった。

「わ、わるい。きゅ、急用ができた」

「こらっ、待ちなさいウィルっ⁉」

セシリーの制止を振りきり、ウィリアムは青ざめた表情で闘技場から走り去った。


逃げるように屋上に戻ったウィリアムは額に幾つも脂汗を浮かべながら、自分にしか見えない自称英霊たちを見据えていた。

「お、お前らいったい何者だっ⁉」

同様のことを以前も尋ねたが、あのときといまとでは言葉の重みが違った。

『いまさらなにを言ってるんだ、お前が言う暗黒時代の英霊に決まっているだろう』

「じゃ、じゃあ、あ、あんた本物の魔王なのかよっ⁉」

『いかにもわたしが魔王だ』

さも当然のように肯定するイリスを見て、ウィリアムは叫ばずにはいられなかった。

「ぎゃあああああああ――っ！　そんな大事なことは先に言えええええ――っ⁉」

『お前が信じなかったんだろう、わたしは間違いなく言ったぞ』

「うっ、た、たしかに。その……わ、悪かったよ」

『謝ったから許してやろう、寛大なわたしに感謝するがいい』

千年前の魔王が、大天使が、剣聖が、魔王の部下が、なんで俺なんかにとり憑《つ》くんだよ。これ絶対にダメなやつじゃん。

流れでつい下手に出たウィリアムだが、このままだとまずい、とすぐに思い直す。そして厄介者とは早々に縁を切るべきだと考え、いつもの調子で遠慮なく口にすることにした。

「そっか。ならさ色々と言いたいことはあるけど、とりあえずあんたらに協力してもらって助かったよ。あとはテキトーに成仏《じょうぶつ》してくれよ」

そう言って踵《きびす》を返《かえ》したウィリアムはこれで綺麗《きれい》さっぱりお別れしようとした。だが、屋上のドアに辿《たど》り着《つ》くよりも先に、不意にウィリアムの足元に魔術陣が展開、発現した鎖がウィリアムのことを雁字《がんじ》搦《がら》めにする。

「は、放せよっ⁉　お、俺はもう関係ないだろっ⁉」

『勝手に話をまとめるな。わたしたちが力を貸す代わりにお前に協力してもらう契約だと言っただろうが』

「ち、ちなみになんだけど、ここでお前たちの力なんかいらないから帰ってくれって言ったら？」

『この場でお前をぼこぼこにしてやるぞ』

イリスの目が本気だった。

「わ、わかったよ。それで協力って俺はいったいなにをすればいいんだ。念のために断っておくけど命で払えとかは無理だからな」

鎖から解放されたウィリアムが尋ねると、イリスたちはお互いに顔を見合わせたあと黙ってしまった。

「えっ⁉　な、なんでこのタイミングでお互いに顔を見合わせるんだよっ⁉　ま、まさか本当に俺の命を奪うつもりだったのかっ⁉」

『そんなつもりはないが似たような意味にはなる。お前にはわたしたちの弟子になってもらう』

「で、弟子？　どうしてそのことが俺の命に関係するんだよ？　っていうかお前たちは契約者に超越的な力を与える存在だったんじゃないのか？」

『力は与えるぞ、だが無料《ただ》ではなくて条件付きだ。魔術契約をしてもらうと実技試験前に言っただろう』

なっ、嫌な予感しかしなくなってきたぞ。

『じつはこの世界にはわたしたちと互角以上に渡り合える、覚醒者と呼ばれる特別な力を宿す存在がいる。以前話をした暴虐の限りを尽くした史上最悪の愚者たちとは覚醒者のことだ。そしてわたしたちと覚醒者たちは互いに存在をかけて戦いあう運命にあるんだ。当然弟子であるお前にもわたしたちと一緒に戦ってもらう』

「か、勝手に俺の将来を決めるなっ⁉　俺にそんな覚悟があるわけないだろっ⁉」

危険すぎる条件にウィリアムは迷わず拒否した。

「それにお前の話はおかしいだろ。この世界にお前らみたいな強いやつらがのさばっているなんて話は聞いたことがないぞ。お前らが封印されている間に滅ぼされたんじゃないか？」

『わたしたちと互角以上に渡り合えたやつらが滅ぶことなどありえない。わたしたちからしたらいま世界が何事もなく存続しているように見えるのが不思議なくらいだが、これだけは確かに言える。覚醒者は間違いなくこの世界にいる』

迷いなく口にするイリスの言葉にウィリアムは確信してしまった、自分がとんでもないスケールの話に巻き込まれていることを。

『まあいい、この件については後回しだ。いまはお前を弟子にする件について話をするぞ』

「いや、覚醒者の話も大事だろ。いま教えてくれたっていいだろうが」

『むぅ、それも一理あるが、しかし――』

『あら、知らないの。女の子には人に言えない秘密がいっぱいあるのよ』

イリスに代わりソフィアが口を挟んできた。

「女の子ってあんたたち精神年齢余裕で千歳越えだろ」

『馬鹿じゃないの、あたしは天使族なんだから年齢に関する感覚が人族とは違うのよ。ちなみにあたしの年齢は花も恥じらう乙女になった時点で止まっているわ』

『たしかにくだらないな、わたしは魔族だが心は常に情熱を持ち続けているぞ』

『千年といっても封印されていた期間の話だよね。その期間を除けばわたしは人族だからキミの一個上くらいだよ』

『お、おい、ずるいぞミオ』

『そうよ、一人だけせこいわ』

『えー、ずるくもせこくもないよ。わたしは純粋に年齢の話をしているだけだよ。リスやフィアなんて真面目に数えればわたしより百歳は上でしょ』

『な、なんてことを言うんだっ⁉』『な、なんてことを言うのよっ⁉』

身内でわいわいと盛り上がるイリスたち。

いまなら逃げられるんじゃないか、とウィリアムが後ろに一歩踏み出そうとしたタイミングでイリスがむっと顔を向けてくる。

逃走は失敗。これでウィリアムに残された選択肢は服従か抵抗に絞られる。

『早速だが返事を聞かせてもらおう』

「じゃあ協力する……なんて言うと思ったか。お前らのようなヤバいやつらと繫《つな》がりを持つなんてお断りだ」

『わたしたちの弟子になれば最強の存在になれるのにどうして納得いかないんだ?』

「こっちは生まれてこのかた魔力なしで万年最弱兵器扱いを受けてきたんだ。いまさら最強なんかに憧れるかよ」

『どうやら拗《こじ》らせているようだな。お前のようなやつは珍しい』

『現代人は扱いが難しいわね。あたしが子供の頃は最強に憧れたものなのに』

『というよりウィル君が特殊なだけじゃないかな』

『イリス様からの頼みなのですよ、素直に聞いたらどうですか?』

「お、お断りだって言ってんだろ」

レインからの後押しを断り、ウィリアムはこのまま強引に押し切ろうとする。

能力もなければ誇りもない少年なので、ぼこられるのは嫌だが面倒ごとに巻き込まれるのもごめんだった。嫌なものは嫌なのである。

せっかく退学は免《まぬが》れたんだ、あとはこいつらを上手《うま》くやり過ごせさえすれば俺は再び怠惰な学園生活をとり戻すことが――。

ウィリアムがゴネ得を狙っていると、閃《ひらめ》いたようにソフィアがにやりと笑った。

『なら借りの分は返しなさいよ』

「あ、ああ。実技試験の分だけならな」

退学を阻止してくれた分についてなら借りたままにしておくつもりはない。そのあたりが落とし所だろう、とウィリアムも考えていた。

『口約束でかまわないから、あたしたちの弟子として最強を目指すと誓いなさい』

「そんなことをしていったいなんの意味があるんだよ？」

『あら、口だけでも嫌なの。もしかしてあんたってケチ？』

いや、むしろ安すぎるから戸惑っているのだ。

まあこいつがそれでいいのなら、と考えウィリアムは肯定する。

「今回の件であんたたちに借りができたからな。その借りの分ぐらいは弟子として最強を目指すことにするよ。ほら、言ったぞ」

『よく言ったわ、ならその言葉を誓約させてもらうわよ』

するとソフィアがなんらかの魔術を行使する。ウィリアムの体から一瞬だけ淡い光が立ち上がるとともに、イリスの指先からウィリアムの心臓へと延びる鎖のようなものが見えた。

「なっ、いったいなにをしたんだよっ⁉」

なにかとんでもないことをされたと疑うウィリアムの前でソフィアは勝ち誇るように微《ほほ》笑《え》んだ。

『誓約の魔術よ。この魔術をかけられたものは誓約を破ることができないの。あたしたちとの約束を破ればあんたの心臓が止まるわ』

「なっ⁉　き、汚《きたね》えぞっ⁉　騙《だま》し討ちしてくるなんて卑怯《ひきょう》だろうがっ⁉　っていうか天使族が人を騙していいのかよっ⁉」

『あら、わかっていないようね。誓約を悪用しただけで嘘はついていないんだから、天使族として恥じることはなにひとつないわ』

ひ、開き直りやがったっ⁉

絶句するウィリアムの前で、イリスたちがなにやら話し合う。

『おい、さすがにこれは強引すぎないか？』

『いいじゃないの、どの道こいつに契約させたんでしょ』

『それはそうだが、しかし……』

『うーん、強引だったけどありだと思うよ。どうあってもウィル君には弟子になってもらう必要があったからね』

『ふむ、それもそうか』

「おいこら、ちっともよくないからなっ⁉」

納得したイリスは再び曇りのない顔になる。

『では今後のためにサポーターをつけてやろう、弟子であるお前の精神面をサポートしてくれるぞ』

イリスから背中を押されたレインが顔を赤らめて困惑する。

『えっ⁉　わ、わたしがこのような人をサポートしなければならないのですかっ⁉』

『ああ。真面目なお前には酷なことかもしれないが、お前の助けが必要だ』

『……わ、わかりました。今後ウィリアムさんに付き添い、身の回りのお世話をすることを約束します』

げっ、勝手に色々と決められてるっ⁉

なんとか話の流れを遮りたかったウィリアムだが、イリスのペースに引《ひ》っ掻《か》き回《まわ》されたうえに自分の味方をする者がいない状況では抵抗するだけ無駄だった。

満面の笑みを浮かべたイリスがびしっとこちらを指さしてくる。

『お前にはこれからわたしたちの弟子として、世界最強の魔導士を目指してもらうぞ』

二章　修行開始

実技試験の翌日、ユークリウッド魔導学園にて。

『くっ、なぜわたしがウィリアムさんのサポートをする羽目に……』

廊下を歩くウィリアムの隣にはレインの姿があった。

(お前さ、なんだか俺への当たりが強くないか？)

『当然です。わたしはウィリアムさんのような半端者《はんぱ》が嫌いですから』

(半端者？)

『イリス様たちの弟子として超越的な力を授かる資格を与えられたのに、率先して学ぼうとしない人のことです』

(べつに俺から指導してほしいって頼んだわけじゃないぞ)

『だとしてもあの方たちからの指導など頭を下げたところで滅多に受けられるようなものではないんですよ。なのにウィリアムさんときたら修行の誘いを断るだなんて』

(しかたないだろ、実技試験で久しぶりに体を動かしたせいで今朝は疲れてたんだよ)

それは早朝にイリスたちから朝練に誘われた件のことだ。

寝ぼけ顔でウィリアムは「昨日の疲れが残っているんだよ」とぼそっと口にすると二度寝を始めた。イリスたちが何度朝練に誘っても寝返りを打って問答を拒否し続けた挙句、最後は苛立《いらだ》ちが頂点に達したイリスに無理やり起こされるも立ったまま眠るという離れ業をやってのけていた。

『ウィリアムさんは弟子として最強の魔導士を目指すという誓約をしたはずです。次からは修行を断るなんて真似《まね》はしないでください、誓約を破ったら死にますよ』

(でも今朝は普通にサボれただろ、今後もサボって問題ないんじゃないか。あの誓約は前提からして間違ってるからな)

『どういう意味ですか?』

怪訝顔《けげんがお》をするレインに、ウィリアムは説明してやる。

(昨晩よく考えたんだけど、俺がイメージする最強の魔導士はなんの努力もせずに生まれ持った才能だけで全てを凌駕《りょうが》するやつなんだ。つまり俺は最強の魔導士を目指すことを誓約したけど、なんにも修行をしない魔導士が俺の最強だから、俺が修行しなくても誓約を破ったことにはならないってこと)

『な、なんですかっ⁉ その誓約の穴を突く低レベルな発想はっ⁉』

むむむっ⁉ と唸《うな》るようにレインが睨《にら》みつけてくる。

『くっ、どうやらウィリアムさんの意識の低さを侮《あなど》っていたようですね。いいでしょう、これから全力でウィリアムさんのひん曲がった根性を直して差し上げますっ！』

敵意剝《む》き出《だ》しのレインを見て、ウィリアムは面倒臭そうに視線を逸《そ》らした。すると、昨日セシリー相手に大暴れしたイリスたちと目が合った。

『お前、人として終わっているな。呆《あき》れたぞ』

『抜け穴を突くなんてせこい人間ね。男らしくないんじゃないの』

『ウィル君、もう少し志を高くして生きようよ』

（うるさい、そもそもお前たちがいなければこんな面倒なことにはならなかったんだ）

喚《わめ》いたあとふとイリスたちに尋ねる。

（そういえば、なんでお前らまでついてくるんだ？）

『世の中について学ぶために決まっているだろう。この学園には千年前から現代に至るまでの歴史資料があるかもしれないからな』

（まあそれぐらいならいいか。断っておくけど俺の迷惑になるようなことは絶対するなよ）

そんなとき、登校するウィリアムの姿に気づいた学園生たちが噂話《うわさばなし》を始める。

「あいつ、毎日馬鹿にされるのによく学園に来られるよな」

「国中の笑い者だから学園に来なくても同じだろ」

「そういや氷華の騎士を倒したって噂《うわさ》マジなのか？」

「最弱兵器が倒せたなら出来レースだろ。土下座でもして勝ちを譲ってくれるように頼み込んだんじゃないか」

聞こえてるっつーの。

どうやら一勝したくらいでこれまでのウィリアムの評価は覆《くつがえ》らないらしい。

『ずいぶんと人気者のようですね』

不愛想《ぶあいそう》な顔でレインがそう言ってきたが、皮肉なのか配慮なのかウィリアムにはわからなかった。

（いつものことだから慣れてるよ。国中から笑い者にされて生きてきたしな）

魔力に覚醒したが、一度貼られたレッテルは簡単には拭えないようだ。

『一勝した程度ではこのぐらいだろうな』

『ああいう連中をぎゃふんと言わせるのが楽しいのよねえ』

『ねえウィル君、よかったら今日から一緒にわたしたちと鍛錬をしてみない？』

（嫌だって言ってるだろ。なんで俺がそんなことをしなくちゃならないんだよ）

『男らしくありませんよウィリアムさん。自分をコケにしていた連中を見返すためにここは一念発起して修行に励みましょう』

（そんなことはどうだっていいだろ。いまさら俺が努力したところでたかが知れているだろうしな）

怠惰に生きてきたウィリアムはサボるための理由をひねり出すのは得意だった。

この話はもう終わりだ、というようにウィリアムは教室のドアを開けた。

「あっ、ウィル」

直後、こちらに気づいたセシリーが歩み寄ってきた。

やばっ⁉　そういえば昨日の件で問い詰められていたんだったっ⁉

「その……くどいようだけどもう一度確認させてもらっていいかしら。あなたが魔力に覚醒したのは昨日で間違いないのよね？」

「そ、そうだけど」

「なら無詠唱魔術やあの黒いオーラはどうやって習得したの？」

「ど、どうやってって……や、やってみたらできたんだよ」

「やってみたらできた？　それはどういうことなの？」

「し、知らない。じゃ、じゃあ」

当意即妙な返しが浮かばなかったウィリアムは強引《ごういん》に話を切り上げて自分の席に向かう

ことにした。もちろんこんな対応でセシリーが納得するわけがない。

イリスめ、面倒ごとになるってわかっていたな。

にやにやしてこちらを眺めている契約相手に気づき、ウィリアムはセシリーには何も見えない空間を睨《ね》めつける。

「あのねえ、それを信じるのはかなり無理があるわよ。そんなことよりあなたが何らかの理由で実力を隠していたと考えるほうが自然ね」

げっ、当然のように勘違いしているしっ⁉

だがセシリーの言っていることが筋違いかというとそうではない。むしろ普通に考えれば誰もがセシリーと同じ結論に帰結することはウィリアムにも理解できていた。

「俺が最弱兵器だっていう話は知っているだろ。わざわざ国中の笑い者にされてまで実力を隠すようなやつだと本気で思っているのか？」

「で、でもっ⁉」

食い下がろうとするセシリーを無視してウィリアムは最後尾の席に腰を下ろすと一度目を閉じた。

どうかセシリーが追及を諦めていなくなってくれていますように。

現実逃避のあとウィリアムはだるそうに目を開ける。するとそこには、

「なら昨日のあれはいったいどういうことなの？」

　こちらの顔を覗《のぞ》き込むようにぐっと顔を近づけていたセシリーの姿があった。突然目の前に現れた碧い宝石のような瞳を前にウィリアムは盛大に顔を赤らめた。

　なっ⁉　ち、近いんだけどっ⁉

「どうかしたの？」

　訳が分からずきょとんと首を傾《かし》げるセシリーに、ウィリアムはぶっきらぼうに反論する。

「だ、だから本当に当日たまたま魔力に覚醒したんだってっ⁉　その後は必死になってお前と戦っていたら、あ、あんな結果になったんだっ⁉」

「あなたに嘘《うそ》をつく理由がないことはわかったわ。でも、とても衝撃的なことだったからすぐには信じることができないの。それともうひとついいかしら」

「な、なんだよ」

　まだなにかあるのか、と身構えるウィリアムの頭に当たり前のようにセシリーの手が伸びて、その後くしゃくしゃになるまで撫《な》でていく。その間ウィリアムは魔法にでもかかったように動けなかった。

「よくわからないけど、頑張ったみたいね。偉いわウィル」

「お、おい、みんな見てるだろ」

「ふふっ、まさかあなたが約束を守るためにここまで頑張るとは思わなかったわ」

や、約束ってまさか――。

不安が脳裏を過《よぎ》ったが、もうどうすればいいかわからなくなったウィリアムはセシリーになされるがままだ。

一連の光景を見ていたイリスたちが不思議そうに尋ねてくる。

『やられたい放題だな、お前らしくないんじゃないか』

『もしかしてあんた、その子が気になってるんじゃないの？』

「か、勘違いするなよ。ただの幼馴染《おさななじみ》だからな」

すぐさま反論したところ、なぜかソフィアがにやりと口《くち》の端《は》をつり上げた。しまった、とウィリアムが気づいたときにはもう遅い。

「誰と喋《しゃべ》っているのよ？　そこには誰もいないわよ？」

「い、いや、誰かが俺の悪口を言っているような気がしたんだよ」

ウィリアムにとっては何事もなかったように装《よそお》うのがせめてもの抵抗だった。

「そんなことよりお前、不用意に異性に触るなよ。俺じゃなきゃ勘違いしているぞ」

「あら、わたしとあなたの仲なのになにを恥ずかしがっているのよ」

「べ、べつに恥ずかしがってなんかねえよ」

照れ隠しのためにウィリアムが顔を逸らすと、セシリーはくすっと笑って前の方の席に戻っていった。

『こほん、一生懸命体を鍛えれば幼馴染の前で格好いい姿を見せられますよ』

『そうだよウィル君、格好いい男の子はモテるよ』

（そんなことで俺が修行なんてするわけないだろ）

もう話は終わりだ、とでもいうようにウィリアムは手であっちいけと追い払うジェスチャーをすると、レインがむっとした表情を浮かべる。

『わたしへの態度がぞんざいすぎるようですね。サポーターだからといって侮っていると痛い目を見ることになりますよ』

（へっ、できるもんならやってみろよ）

そんなとき、ウィリアムのもとに明らかに見下した表情を浮かべている同学年の少年が近づいてきた。

「おいお前、噂によると昨日の実技試験であのセシリーを倒したらしいな。本当かよ？」

そう声をかけてきたのはマロ・クロップス。王国内でもそれなりに歴史のあるクロップス子爵家の次男坊だ。

「ああ、そうだけど」

「きゃははは、最弱兵器のお前がどうやってセシリーを倒したっていうんだよ。マジか、これ本当にマジの話なのか」

不快な笑い声が教室中に響いた。

ウィリアムがマロに絡《から》まれるのはこれまでもよくあり、なにかにつけてウィリアム下げ自分上げを繰り返している常習犯だ。クラスが違うにもかかわらず、わざわざウィリアムのもとを訪れては無能として貶《おとし》めてくる。

この手の輩《やから》って下に見ている相手にはやたらと強く出てくるんだよな。

慣れているウィリアムはいつも通り聞き流そうとして、この日はいつもと違うことには　たと気づいた。

そう、この場には暗黒時代を戦い抜いた本物の魔導士が四人もいるのだ。伝説と化した英霊たちが、もし目の前で唯一の弟子を面と向かって侮辱されて黙っているだろうか。いや、そんなわけがない。誇りある魔導士は自らとそれに連なる者の名誉を穢《けが》す者を許しはしないものだ。

「いたたたっ⁉　きゅ、急に腹痛が……。わ、わるいけど俺は帰らせてもらうっ⁉」

い、言うなよ。頼むから絶対にあの言葉だけは言ってくれるな。

不吉な予感に苛《さいな》まれたウィリアムは即座に仮病の振りをしてこの場を立ち去ろうとする。

まるで天啓に導かれるが如《ごと》く迷いのない所作であった。

しかし、ウィリアムがマロの脇をさりげなく過ぎ去ったタイミングで恐れていた事態が起こってしまう。あろうことかウィリアムの手首がマロによって摑《つか》まれ無理やり引き留められてしまった。そして、

「待てよ、僕と勝負しろ。お前が本当にセシリーを倒せたっていうんならお前を倒せばこの僕がセシリー以上の実力者ってことだろ。高貴な家柄の出である僕に箔《はく》をつけるのにちょうどいいじゃないか」

ぎゃあああああ――――っ⁉　なんで今日に限ってそんなことを言うんだよっ⁉

くだらない宣戦布告を聞き、ウィリアムはちらりと横目でイリスたちの様子を窺《うかが》う。すると歴戦の勇士たちが鬼のような眼差《まなざ》しでマロを見据えており、ウィリアムは恐怖で凍りついた。

「お、お前の言いたいことはよくわかった。お、俺の負けでいいよ。だからわざわざ勝負なんてする必要はないだろ。降参だこの通り」

床に飛び込むように頭をつけてウィリアムは一部の淀《よど》みもなく土下座する。

怠惰こそが友人の彼は面倒ごとを避けるためなら労を惜しまないのだ。

こ、これで、ど、どうだっ⁉

ちらっと顔を上げるとイリスたちがぽかんとしていた。予期せぬウィリアムの行動に呆《あっ》気《け》に取《と》られたようだ。

よし、いまがチャンスだ。勢いに任せてとっとと教室を脱出しよう。

ウィリアムは一瞬の隙を突いてなんとか逃げ出そうとするが、

「おいおい、お前やる前から負けを認めるのかよ。ま、お前のような最弱兵器がこの僕と張り合おうなんて百年早いけどね。あははは」

や、やばいっ⁉

暴言が聞こえた直後、ウィリアムの体は当人の意に反してマロのほうを向いてしまった。

「気が変わりました。その勝負、受けて立ちます」

(ちょっと待て、勝手に俺の体を操ってなんてことを言うんだよっ⁉)

『わたしが受けなくても絶対に受けることになっていましたよ』

その思念を受け、ウィリアムは顔を背後にいるイリスたちのほうに向ける。そこには、

『小僧、この勝負は絶対に受けろ。この生意気な豚を躾《しつ》ける必要がある』

『気に入らないわね、あたしたちの弟子に喧嘩《けんか》を売ったことを後悔させてやるわ』

『うん、こういう不埒《ふらち》な輩には身の程を弁《わきま》えさせてあげないとね』

そこにはなぜかめらめらと燃え滾《たぎ》った獄炎のような背景を伴って、殺意に満ちた眼差し

を向けるイリスたちがいた。

げっ、完全に逆鱗《げきりん》に触れてるじゃねえかっ⁉

『こうなることを予期して早々に撤収を試みたようでしたが残念でしたね。放っておくとイリス様たちが暴走します。いまはわたしがウィリアムさんの体を支配していますが、ここであの御三方のうちの誰かに支配権を譲渡すれば大暴れは必至でしょう。最悪ウィリアムさんは衛兵に捕まって処罰されるかもしれません』

(ま、まさか俺を脅迫しているのかっ⁉)

その直後、ウィリアムはレインがにやりと笑ったような気がした。

『だとしたらどうだというんですか？　わたしにサポーターとしての役目を全うさせようとしないウィリアムさんが悪いんじゃないですか。さあ、これからどうしましょうか、そういえばあの御三方に支配権を譲渡しなくても、わたしがここであの身の程知らずを叩《たた》きのめせばいいだけですね』

(うっ、わ、わかったよ。う、受ければいいんだろ。た、頼むからこの場で暴れるのは勘弁してくれ)

敗北を認めながらもウィリアムは楽をするために交渉を申し込む。

(と、ところで今回も俺の代わりにお前たちが戦ってくれるんだよな？)

『馬鹿なことを言うな、今日から必死に修行をしてお前がやるに決まっているだろう。一週間もあればあんなクズに勝てるぐらいの実力を身につけさせてやる』

（い、一週間っ⁉　そんな短期間でどうにかできるわけないだろがっ⁉）

『あら、ここで断ればどうなるかわかっているの？　あたしたちがこの場で暴れたらあんたの人生は終わるわよ』

危険人物として牢屋《ろうや》の中で暮らす未来と比べれば、マロと戦うことなど大したことではないように思えてしまった。

『ほら、勇気を出そうよウィル君。いまは立ち向かうべきときだよ』

ウィリアムはしかたなくマロに向き直る。

「い、いまはちょっと忙しいからさ、ら、来週の放課後にでも受けてやるよ」

「来週まで待つ必要なんてないだろ。この場でお前を叩き潰してやるよ」

「なんだよ、もしかして負けるのが怖いからベストコンディションじゃない俺と戦おうとしているのか？」

「そんなわけあるか。最弱兵器なんていつでもぶっ倒してやるぜ」

「なら来週の放課後でいいだろ」

「そういうことならしかたないな。だがこっちはお前のような雑魚《ざこ》に待たせられる羽目になるんだ」

「だからなんだよ？」

にやりと笑うマロを見て、ウィリアムは嫌な予感を覚える。

「お前を倒して名を挙げたいっていうやつはいくらでもいるから、そいつらを纏《まと》めて相手にしてもらうけどいいよな」

「なっ、そ、それは……」

卑怯《ひきょう》だろ、とウィリアムが言いかけたとき、傍《そば》にいるイリスが断言する。

『かまわない、雑魚が何匹集まろうと同じことだ』

（ほ、本当に大丈夫なのかよっ⁉）

伝説の英霊から太鼓判を押されたが、ウィリアムは不安を拭いきれなかった。あまりにもマロに都合が良すぎてイリスの言葉を伝えるのを躊躇《ちゅうちょ》してしまう。そのとき勝手にウィリアムの口が動いた。

「かまいません、十人や二十人程度じゃ相手になりませんからわたしのことを叩き潰したい人を全員集めておきなさい。全員揃《そろ》って返り討ちにして差し上げます」

（な、なに勝手に俺の体を使って喧嘩を買ってんのおおおぉぉぉ――――っ⁉）

『わたしはともかく、この御三方の唯一の弟子となる者が侮《あなど》られていいわけがありません。

せこいことなど考えずに相手を堂々と叩き潰すことだけを考えてください』

（いやいやいやいや、無理だからっ⁉　お前、最弱兵器にいったいなにを求めているんだよっ⁉）

「はんっ、最弱兵器のくせに大口を叩く度胸だけはあるみたいだな。だが、来週は絶対に後悔することになるぜ。覚悟しておけよ」

ウィリアムが条件を撤回する前に、マロはこの場を離れていく。

ど、どうすりゃあいいんだよおおおおおおおおおおぉぉぉ――――っ⁉

残されたウィリアムが頭を抱えてその場にしゃがみ込みたくなった矢先、一連のやり取りを見守っていたセシリーが近づいてきた。

「ウィル、噂《うわさ》を聞いていたから期待していなかったんだけど、昔から変わらずに残っているものもあるみたいね。いまのはとっても格好よかったわよ」

それ、俺じゃないんだけど……。

放課後、校舎の屋上にて。

「なんてことを言うんだよっ⁉　今日だけであいつら七十人近く集まってるぞっ⁉」

ウィリアムは全身全霊をかけてレインに抗議をしていた。

感情の赴くままに思いの丈をぶつけていたので、周りから見るとウィリアムが虚空《こくう》に向かって怒鳴る危険人物に見えていた。ウィリアムの奇行に気づいた学園生たちがそそくさと屋上から去っているのだが、当人に気づく気配はない。

『どこに慌てる必要がありますか？　小物が何人集まったところでどうせ小物です。あなたはイリス様たちの弟子なのですからもっと堂々としていらしてください』

「そんなこと言っても俺はつい昨日魔力に覚醒したばかりなんだぞ。当然学園カーストだって最下位だ。セシリーに比べたらずっと劣る連中かもしれないけど俺よりは絶対に上に決まってるじゃんか。それに初日でこの調子なら決闘当日には百人近く集まってもおかしくないんだぞ。こんなんでどうしろって言うんだよっ⁉」

ウィリアムの生意気な態度が気に入らなかったマロは手当たり次第に声をかけて全力で潰そうとしている、この分だと最終的には百人近くになるんじゃないか。そんな話をゼスから聞いたときはその場で卒倒しそうになった。

マロ一人でさえ抗《あらが》いようがないというのに、数の暴力まで加われば袋叩《ふくろだた》きにされる運命であることは明白だ。

「真っ向から戦っても痛い目を見るだけだし、決闘当日に腹を下して体調が悪い振りをすれば戦わなくても許してもらえるかもな……。いや、そんな手を使わなくてもそもそも登校しなければいいのか。なら当日は仮病で休めばいいか」

敗北を前提にウィリアムはひとりでぶつくさとつぶやき始めた。

『こら、わたしたちから教えを乞《こ》うという選択肢をどうして排除しているんだ』

『あまり舐《な》めたことを言ってると弟子でも容赦しないわよ』

『逃げることばかり考えないで立ち向かう方法を考えてみようよ』

「そ、そんなこと言われてもどうしろっていうんだよ。俺一人でマロ軍団と戦って勝ち目なんかあるわけないだろ」

『難しく考える必要はないぞ、わたしたちの修行さえ受ければ勝ち目はある』

「ほ、本当かよっ⁉」

『ああ、だからいつまでもうじうじしてないで元気を出せ。たとえ周りの誰もがお前が強くなることを信じなくとも、わたしたちはお前ならできると信じているぞ』

悩んでいるウィリアムには、不愛想《ぶあいそう》ながらも自分を気遣う発言をするイリスがまるで救世主のように映った。

「そ、そこまで言うならしかたないな。が、頑張ってやるよ」

心の底から感謝の念を覚えたウィリアムが気力を取り戻したところで、

『まあ実際のところはあたしたちがあの場を利用してウィリアムが喧嘩するように仕組んだんだけどね』

『じつはそうなんだ。ごめんねウィル君』

「き、汚《きたね》えぞっ⁉　そんなの卑怯だろうがっ⁉」

イリスが無言で気まずそうに目を逸《そ》らす中、ソフィアは得意げにこう言ってのける。

『はんっ、そんなの騙《だま》されるほうが悪いに決まっているでしょ』

「こ、この悪魔がっ⁉」

『残念、わたしは悪魔じゃなくて天使よ。そんなこともわからないなんて失礼しちゃうわね』

ぐぬぬぬぬっ⁉　とウィリアムが唸《うな》っているとイリスから尋ねられる。

『それで誰から指導を受けるんだ？』

「誰から？」

『ああ。じつはわたしたちはそれぞれがお前のための修行を用意している。わたしたち三人の中から好きな修行内容を教えてほしいんだけど？」

「具体的な指導者を選べ』

『あらかじめ内容を知ると面白味が半減するだろう。なにが起こるかわからないとわくわくするじゃないか』

「そうは言ってもな、お前らの修行ってなんだかどれもまともじゃない気がするんだよ」

『でしたら名前と概要だけお伝えしたらよろしいと思います。そうすればウィリアムさんにもある程度は納得いただけるのではないでしょうか』

レインが折衷案を出したところ誰も異論を挟まなかった。

絶対に楽そうなものを選んでやるっ！

サボるためにウィリアムはここぞとばかり集中して話を聞く。

『ならまずはわたしからだな。わたしがお前に施す修行の名は《修羅》だ。わたしはこれのおかげで魔王への第一歩を踏み出すことができたぞ』

よしっ、絶対に却下だっ！

イリスはぶっとんだことを考えていそうなのでもとから受けるつもりはなかった。

『次はわたしの修行だね。わたしがキミに提案するのは《不屈》だよ。魔王を生み出せるような強烈なものじゃないけど人族がちゃんと強くなった実績があるよ』

口ぶりから察するに剣聖を生み出した修行か。

ミオは人族だからイリスよりはまともなはずだけどなんとなく危険そうなんだよな、とウィリアムは少し躊躇した。

『最後はあたしね。あたしがあんたに提案する修行は《不滅》よ。あたしほどの高貴かつ偉大な天使でないと施せないけど絶対に安全で強くなれるものよ』

絶対に安全で強くなれる修行か。

ソフィアはやたらと強気だし平気で人を欺くところがあるけど、さすがに修行名までは偽らないはず。ならこれが一番ぬるい修行のはずだっ‼

「じゃあソフィアの修行を受けるよ」

ウィリアムが答えると、ソフィアは上機嫌で応じる。

『はんっ、あんたにしては悪くない判断ね。絶対に強くしてやるから期待していなさい』

『なっ⁉　ど、どうしてわたしの方法がダメなんだっ⁉』

一方で、なぜか絶対に自分が選ばれるはずだと確信していたイリスが口を半開きにして驚いていた。

「ネーミングからして却下に決まっているだろうが。しかも魔王への第一歩を踏み出す修行とか受けたくもねえよ」

するとイリスが不満そうに抗議してくる。

『おい、この完璧なネーミングのいったいなにがダメなんだっ⁉　こら、無視していないで説明しろ、すごく格好いい名前だろうがっ！』

修行が決まり、ウィリアムたちはその足で旧市街にある教会跡に向かった。

「こんな何もないところに来てどうするんだ？」

『はんっ、なにもなくはないわ。あんたの目が肥えていないからわからないだけよ』

ちょっと質問しただけなのに酷《ひど》い言い様だな、とウィリアムは思ったが、ソフィアが上から目線で棘《とげ》のある言動をするのは予想できていたのでさらっと受け流した。

『じゃあそこら辺に落ちている木の棒でも拾って魔術陣を描いてちょうだい。あたしが指示するから』

「へいへい」

本当はやりたくなかったが、文句を言ってがみがみ注意されるほうが面倒なのでウィリアムはソフィアの指示に従うことにした。

『いまあんたが描いているのは地脈の力を利用するための魔術陣よ。古来より教会は地脈の流れを考慮して、魔力が濃い場所を管理するために建てられているの。あたしの修行にはその力を利用する必要があるわ』

「ふーん、けっこう工夫しているんだな。待てよ、それって要は地脈の力がなければ修行ができないってことだろ。どうしてかはわからないけど、お前って魔力に自信がないってことだよな。そんな状態で俺に満足な修行を施せるのか？」

『誰に向かって言ってんのよ、できるに決まっているでしょ』

魔術陣を描きながらウィリアムがおちょくるとソフィアから反論される。さらに、

『せいぜい今だけは強気でいるがいい。お前はきっとわたしの修行を選ばなかったことを後悔することになるぞ』

選ばれなかった腹いせとばかりイリスが脅迫してきた。

『ちょ、ちょっと、ウィル君がせっかくやる気を出したんだからあまり刺激するのは──』

「あのさ、お前らは俺になにかするわけじゃないんだよな。だったら邪魔になるから帰れよ」

『なっ⁉』

『な、なんということを言うんですかっ⁉』

とんでもない発言に、イリスが驚き、レインが憤《いきどお》る。その間ミオはあちゃーと天を仰いでいた。修行せざるを得ないように追い込まれたウィリアムの機嫌がいいわけがない。

「こいつらは俺を煽《あお》ってくるつもりだろ。邪魔だからいないほうがいいじゃんか」

『一理あるわね、集中力は大事だし。イリス、ミオ、悪いけど外してもらえる？』

『くっ、お、覚えておけよっ⁉』

『あははは、ごめんねウィル君』

出番のない師匠役であるイリスとミオは学園の寮へと帰って行く。その後、ウィリアムが魔術陣を描き終えたところで、ソフィアは師匠として教鞭《きょうべん》を執り始める。

『確認するけどあんたはこれまで魔導に関することを一切学んでこなかったのよね？』

「ああ。知っていることといえば生まれつき魔力を持たない者は魔術が使えないってことぐらいだ」

『でも、その認識が誤りなのは証明済みよね。千年前と現代とでは魔術に関する概念や考え方が全く異なるの。あたしがあんたに施すのは千年前の修行方法だから間違いなくこの世界では誰も知らないものになるわ』

ここまでは想定内であるためウィリアムは落ち着いていた。

『まずは修行を始める前に覚えてもらいたいことがあるのだけど、魔力量っていうのは努力次第で伸ばせるものよ。大人になるまでは限界まで使うことを繰り返していると少しずつ総量が増えていくの。筋トレと同じようなものね』

「でも、そんなのは他のやつらも同じだろ。これまでずっとサボってきた俺が、子供の頃から毎日魔力を鍛えてきた連中には追いつけないだろ」

『ふーん、少しは頭が回るみたいね。でも計算違いがあるわ。あんたの師匠たちはその辺にいる有象無象の教師じゃなくて、いまより遥《はる》かに魔導が優れていた時代の英霊よ』

ソフィアが指先をぱちんっと鳴らす。すると、地面にある幾つかの魔術陣が一斉に起動し、眩《まぶ》しい光がウィリアムたちを包んだと思うや否《いな》や、ウィリアムたちは天空にある闘技場のようなところにいた。

「なっ⁉　い、いきなりなにが起こったんだっ⁉」

『驚くようなことじゃないわ。空間を歪《ゆが》ませて世界の法則を捻《ね》じ曲《ま》げているだけのことよ』

「こ、これも魔術なのか」

闘技場の端に立って下を見たウィリアムは、自分が雲と同じ高さから地上を見下ろしていることに気づき息を呑《の》んだ。サポーターのレインはソフィアの手の内を知っていたのか平然としている。

『この【聖域不滅結界《ホーリー・サンクチュアリ》】は外部の魔力を吸収して内部の復元に当てる半自律型の結界で、この空間の中ではあらゆる異常をすぐに修復する性質があるわ』

「もっと俺にわかるように教えてくれ」

『あーもう鈍いわね。わかりやすくいえば中でいくら魔術を使ったところで魔力をすぐに回復できる一方、あんたの体にある魔力心臓《マナ・ハート》は魔術を使うほど頑丈になるってことよ。この性質を利用してあんたにはこの空間で限界まで魔術を使ってもらう。そうするとどうなるかわかる？』

「魔術が使い放題になっているってことだから……ちょ、ちょっと待て、ま、まさかっ⁉」

『ええ、この方法ならあんたは常に魔術を発現できるようになり、常に魔力を限界まで鍛えることができるわ。だからこれまでの差を一気に縮めるどころか埋めて追い越すことができるの』

「ぎゃあああああああああああああ――――っ⁉　それってテキトーに理由をつけてサボることができないってことじゃねえかああああああああ――――っ⁉」

衝撃の事実にウィリアムは頭を抱えてその場でうずくまった。

『これはあたしの固有魔術だから真似《まね》できる人はいないわよ。どう、すごいでしょ？』

無邪気な笑みを浮かべるソフィアの前で、ウィリアムはなんとか立ち上がる。

「そういえば魔力って肉体に宿るものだろ。でもお前たちは精神体だからそもそも肉体がないよな。自前の魔力がないのにどうしてこんな魔術を発現できるんだよ？」

『あたしたちくらい高位の魔導士になると魂に魔力を宿らせることができるのよ』

「肉体がなくてもそんなことができるのかよ。ずいぶんと便利なんだな」

『……まあ、そんなところね』

なんだか少し間があったような……。

『ある程度様になってきたらあたしと術比べをしてもらうけど、とりあえず今日は時間の許す限り魔術を使い続けてもらうわ』

「時間の許す限りって、そんなの体力が保つわけないだろ」

『はんっ、これだから素人《しろうと》は』

『ここは癒《いや》しの空間ですから体力もすぐに回復します。もちろん怪我《けが》をしてもすぐに治りますから不眠不休で取り組めますよ』

やれやれといった表情を浮かべるソフィアの傍《そば》でレインが補足してくれた。

「げっ⁉ ね、寝ないで修行するのかっ⁉」

『寝る必要がないのだから当然でしょ。あんたはこれまで鍛錬をサボってきた分他の人よりずっと遅れているんだからそれくらい我慢しなさい』

「でも、徹夜なんて横暴だろ」

『あら、それでもあたしは嘘を言ってないわよ。この結界の中にいる限り怪我もしないし疲れもしない。だから絶対に怪我をしない安全な修行よ。文句があるならとっとと実力をつけることね』

腰に手を当てて勝ち誇った顔のソフィアを見て、これ以上の交渉は無駄だとウィリアムは悟る。

「ちっ、わかったよ。それで魔術ってどうやって発現すればいいんだ？」

当たり前のことがわからずウィリアムは尋ねるが、

『あんたの体を通じてあたしたちが戦ったでしょ。そのときの感覚を思い出せばいいだけのことよ』

「でも、やり方を学ぶ機会なんてこれまで――」

『あら知らないの？　この程度のことは学ばなくてもみんな当たり前にやっていることなの。適当に念じれば子供でもできることだから当然あんたも発現できるわよね？』

「で、できるに決まってんだろっ⁉」

当時の感覚を思い出すべくウィリアムは必死に瞑想《めいそう》する。そんな中、ウィリアムを見守っているレインは少し不安げな表情でこっそりとソフィアに相談していた。

『説明が少し疎《おろそ》かなのではありませんか。昨日の試験はウィリアムさんにとって大事なことだったんです。緊張してあまり覚えていないと思いますよ？』

『まあそうでしょうね』

『なら……』

『いいえ、これでいいのよ。どんな生意気な弟子でも最初にがつんと心を折ってやればあとは素直に師匠の言うことを聞くようになるでしょ。あいつは性格が死んでいるからこれぐらいやらないと使いものにならないわ』

『なるほど、そういう手ですか』

ウィリアムは気づかないうちにレインから同情の目線を向けられる。

「昨日の感覚で戦えばいいんだな」

裏の事情を知らないウィリアムは目を閉じ、視覚的な情報を完全にシャットアウトしていた。目的を果たすために必要なのは昨日のイメージであり、それ以外の情報は一切不要なものだ。その後深く呼吸して自分の意識を落とし込んでいく。

深く深く、自分の意識を、あのときの感覚に同化させる。

『ただの素人のくせにわかった振りをして大物振るのはよしたらどう？　いくらあたしたちと感覚を共有していたとはいえ、才能のないあんたには難しいことでしょう。時間の無駄だからあたしが特別に基礎的な魔術について教えてあげても――』

ソフィアの言葉などウィリアムの耳には入っていなかった。

思い出せ、あの感覚を！

摑《つか》み取《と》れ、あいつのイメージを！

この体で発現されたことなら、才能のない俺にだってきっとできるはずだっ！

ウィリアムは目を開いた直後、右手をさっと振りかざす。その直後【ファイア・ボール】が発現。大空に向かって火球が放たれた。ソフィアが放ったものに比べれば、規模、威力、射程距離などあらゆる指標で劣っているが、それは間違いなく【ファイア・ボール】だ。

「ちっ、そう上手《うま》くはいかないか」

理想との乖離《かいり》にウィリアムが落胆する一方、目が点になったソフィアは思わず声を上げていた。

『えっ⁉　えええええええ～～～～っ⁉　あ、あんた、い、いったい何者よっ⁉』

ど、どうして素人がいきなり無詠唱で【ファイア・ボール】を使えるのよ～っ⁉

目の前で起こった出来事を信じられず、ソフィアは瞠目《どうもく》させられていた。

「どうしたんだよ？」

『〜〜〜〜〜っ⁉　な、なんでもないわっ⁉』

はっと我に返ったソフィアはすぐにレインと顔を見合わせる。

『ど、どういうことですかっ⁉　ふ、普通は発現できないはずですよねっ⁉』

『え、ええ、そ、そのはずよっ⁉　でもいきなり無詠唱で発現できていたし、い、いったいどうなっているのよっ⁉』

ウィリアムには聞こえないように相談したあと、とりあえずソフィアは釘《くぎ》を刺しておくことにした。

『あ、あんたが使っているのは第一階梯《かいてい》魔術よっ⁉　発現できて当たり前なんだから、ちょ、調子に乗らないことねっ⁉』

「お前の魔術と比べて劣っているのは一目瞭然なんだからそんなことするわけないだろ」

『わ、わかっているならそれでいいわっ⁉』

その後もソフィアは幾つか課題の魔術を出したが、ウィリアムは当たり前のように魔術を発現した。

子供でもできて当たり前の魔術を発現しただけという認識のウィリアムに対し、ソフィアは『う、うそでしょっ⁉』や『な、なんで発現できるのよっ⁉』などと驚きの声が漏れそうになり堪《こら》えるのに苦心していた。

『か、簡単な魔術なら使えるようだから今度はあたしと術比べをするわよっ⁉』

ウィリアムの潜在能力が予想を遥かに上回るため、ソフィアはさりげなく修行の段階を上げる。

「術比べって魔術戦闘をするってことか？」

『ええ。魔術をただ発現できることにはあまり意味がないの。実戦で使えてようやく意味が生まれるのよ』

「でも、あんたは肉体がないだろ。精神体がどうやって――」

ウィリアムが尋ねた直後、ソフィアの周囲にはっきりと影ができた。よくよく目を凝らせばソフィアの体が質量を持つかのように存在感を放っている。

「精神体だからといって実体化できないわけじゃないわ。ほら、とっとと始めるわよ」

『当然ですが、いまのソフィア様はウィリアムさん以外の人にも見える状態です』

レインから補足され、ウィリアムは思わず漏らす。

「千年前の英霊っていうのはなんでもありなのかよ。なあ術比べを始める前に確認したいんだけど、俺があんたに勝ったらこの修行は終わりになるのか？」

「できるものならね。あたしはこれでも天使族の長である大天使の位を戴いていたのよ、あんたのような怠け者兼未熟者が相手じゃどんなに頑張ったところで――」

話の途中に、突如としてウィリアムから【ファイア・ボール】を放たれた。しかし、ソフィアは【アイス・ニードル】を発現して正確に射貫《いぬ》く。

「ちっ⁉」

露骨に舌打ちして残念がるのはウィリアムだ。これまで見たことがない真剣な顔つきでソフィアを見据えており、珍しいほどやる気に溢《あふ》れていた。

『な、なぜこんなにやる気が……』

「ま、まさかあたしの熱意が通じて――」

珍妙な光景に遭遇してレインが戸惑い、ソフィアが感極まっているとき、目をぎらつかせたウィリアムは宣言してくる。

「お前に勝てば終わりなんだろ。さっさとやろうぜ」

『サボれるとわかったらこの調子ですか。見損ないましたウィリアムさん』

「せ、せっかく見直したのにこのクズっ⁉」

予想を裏切られたソフィアは不意打ちを受けたことも相まって苛立《いらだ》ちを募らせた。

「まだ話をしている途中だったでしょうが。あたしの話を遮って攻撃してくるなんて悪知恵ばかり回ってこの卑怯《ひきょう》者っ⁉」

「はんっ、戦いに卑怯なんてあるのかよ」

ウィリアムは再度【ファイア・ボール】を発現するも、

「あたしを甘く見すぎよ、同じ手にひっかかるわけないでしょうが」

ソフィアが指先をぱちんと鳴らすと一瞬で現れた【アイス・ランス】に掻《か》き消《け》されてしまった。

「これでわかったでしょ、魔術を発現できるのと実戦で使えるとの違いが。なんの捻《ひね》りもなしに正面から放たれた魔術なんて通用しないわ」

「たしかにそうみたいだな」

一旦動きを止めたウィリアムがこちらを凝視してくる。

さあどう来るかしら、と身構えつつもソフィアは、どうせまた卑怯な小細工でも使ってくるでしょ、と半ば見下してもいた。

優れた潜在能力を持っているといっても、才能と実戦での応用はまったくの別物。この状況で素人にできることは走り回って攪乱して不意を討つことぐらいかしら。

しかし、この直後彼女は信じられないものを目撃することになった。

「なら、これでどうだっ！」

ウィリアムの背後に六つの魔術陣が出現し、そこから一斉に【ファイア・ボール】が放たれた。

「へ、並列発現っ⁉」

目を瞠《みは》ったソフィアは咄嗟《とっさ》に【アイス・ウォール】で防ぎきった。

「そんなものを誰から習ったのよっ⁉」

無詠唱で、同じ魔術を同時に複数発現することは千年前であってもある程度の慣れを必要とする。間違っても初心者にできるようなことではない。

「さっきからなに訳のわからないことを言ってるんだよ、お前らが俺の体に憑依《ひょうい》したときにやったのと同じことをやっただけだぞ」

え、ええ〜〜っ⁉　お、教えてないのにどうしてできるのよ〜〜っ⁉

声に出してそう叫びたいのをソフィアはどうにか堪え、次にこれでもかと目を大きく瞠ったレインと目が合うとお互いに頷《うなず》き合う。その後ソフィアたちは、まさかこいつ天才なのっ⁉　と驚愕《きょうがく》の表情でウィリアムを見た。


翌朝、ウィリアムの部屋にて。

『ほう、思ったよりは元気そうだな』

『お疲れウィル君、修行初日の感想は？』

朝日が昇り始めてから男子寮にウィリアムたちが戻ると、部屋でくつろいでいたイリスとミオが迎えてくれる。

「すっげー不愉快に決まっているだろ。あいつ本当に一晩中俺に魔術を使わせ続けたんだぞ。児童虐待だ。どういう頭の作りをしてるんだよ」

遠慮することなく不平不満を口にしたウィリアムは登校するために身支度を始める。そんな折、イリスは配下であるレインに報告を求めた。

『なにがあったか教えてもらえるか』

『はい、修行の途中でウィリアムさんの奮起《ふんき》を促すためにソフィア様と術比べで勝てたら修行を終了するという条件を提示したところ、ものすごい集中力でソフィア様を倒そうと何度も挑み続けこのようになりました』

『散々しごかれたのか。いいことだな』

「なにがいいことだ、あんなド畜生が師匠だなんて聞いてないぞ」

『誰がド畜生よ。あたしがいるっていうのにいい度胸ね』

ソフィアが指をぱちんと鳴らすと、突然出現した光の帯に搦《から》め捕《と》られ、制服に着替えたばかりのウィリアムは床に組み伏せられてしまった。

「げっ、な、なにしやがるっ⁉」

『ふんっ、暫《しばら》くそこで反省していなさい』

そう言い捨ててソフィアはベランダに出て行った。

「あの生意気ドS天使、やりたい放題やりやがって。本当は苦しむ俺の姿を見てストレスを発散しているだけなんじゃないだろうな」

『ウィリアムさんは何も知らないからそんなことを言えるんです。ソフィア様だけではありません、イリス様もミオ様も相応の覚悟を持って接しています』

「覚悟って言われても、お前らから詳しい事情を教えてもらえないことにはわかるわけないだろ。それとだな」

『なんでしょうか?』

腰に手を当ててこちらを見下ろしているレインに、拘束されているウィリアムは遠慮なく口にする。

「パンツ見えてるぞ」

『えっ⁉　きゃ、きゃあああああ～～～～～～っ⁉』

レインが顔を赤らめて恥ずかしがっているうちに、ウィリアムは身体強化魔術を発現。

自分を拘束する光の帯を解こうとするが、その間に怒って実体化したレインの蹴りが入り、ウィリアムはその場で悶絶《もんぜつ》する。

そんな光景を目撃したイリスとミオは冷たい表情をしている。

『小僧にはまだまだ生意気な口を叩《たた》ける元気があるようだぞ。絞り足りないんじゃないのか』

『わたしも同感だよ。無駄口を叩く元気がなくなるくらいには厳しくしたほうがいいね』

『え、ええ。ソフィア様にお伝えしてきます』

はしたない言動に気恥ずかしさを覚えたレインがそそくさとベランダに出ると、ソフィアがぼんやりと遠くの景色を眺めていた。

『なぜウィリアムさんの件を皆様に報告なさらなかったんですか？』

『あたしが言ったところで本当のことを誰も信じないからよ。ただの人族の子供があたしたちと肉体の感覚を一度共有しただけで、構成術式や詠唱魔術への理解をすっとばしていきなり無詠唱魔術を発現したのよ。この異常さはあんたも理解できるでしょ』

『ええ。正直申しますとわたしも目の前で起こっていることが信じられませんでした。信じられないことですがウィリアムさんはおそらく――』

『天才というやつなんでしょうね、いまのところウィリアムの器はまったく底が知れないわ。本来ならあたしは弟子の素質を問う立場のはずなのに、むしろ師匠としての力量を問われている感覚に陥るもの』

天才とは類まれな才能の持ち主であり、通常の尺度では推し量ることなど叶《かな》わぬ存在。そして当人の努力次第では、凡人では絶対に辿《たど》り着《つ》けない到達点である、遥《はる》かなる頂きに昇れる可能性を秘めている存在でもある。

すなわち魔導文明が栄華を極めていた時代の英霊にも測り知れないものがウィリアムの中に眠っている。

しかし、問題はそれだけではない。

『当面の問題はそれを気づかせないことね。ウィリアムの性格なら自分が特別な存在であると気づいたとたんに修行をサボろうとしかねないわ。それにあたしたちと違ってあいつには戦う理由がない。自分の力が常軌を逸していることに気づくことはいい結果を齎《もたら》さないと思うわ』

『ならわたしはウィリアムさんが自分の力の異常さに気づくのを少しでも先延ばしするように努めます。学園内には他の学園生との実力差に気づく機会が少なからずありますから』

今後の指導方針を確認したあと、意識を取り戻したウィリアムが騒ぎ出したためレインは屋内に戻っていく。一方、師匠としての責任の重さを痛感するソフィアは拘束魔術を身体強化魔術で破ろうとするウィリアムを見てひとりつぶやいた。

『まさかこの時代で天才の師匠になるなんて、どういう運命の巡り合わせよ』


「ふあー、よく寝た」

午前中の授業を全てサボり屋上で眠っていたウィリアムは朗らかな表情で食堂へ向かっていた。学園生としての義務を果たさずただ飯にありつくことに後ろめたさなど一切感じていないのはその曇りひとつない顔を見れば明らかだ。

「今日はゆっくり寝たし、たまには午後の授業に出ることにするか」

何気なくつぶやいたウィリアムは隣にいるレインの様子を横目でさっと見る。するとなぜかはらはらと焦《あせ》った表情を浮かべていた。

「やっぱり午後の授業もサボってぐっすり眠るとするか」

再度つぶやくとなぜかレインはほっとしたように胸を撫《な》でおろしている。

どうも今朝から様子がおかしいんだよなあ。

食堂でシチューとパンを受け取りながらウィリアムはふと疑念を抱く。

本来なら授業をサボろうとするウィリアムに叱責をするのがレインの役割だ。短い付き合いだがレインが生真面目な性格をしているのはよくわかっている。

ならどうして俺はこんなに授業をサボれて居眠りできたんだ？

なにか裏があるような気がしたウィリアムはテーブルに着くと勘を信じて詰問《きつもん》する。

（お前さ、なんか今日は妙じゃないか？）

『なにがでしょうか？』

（俺が授業をサボるって決めたらほっとしたり、授業に出席するって言ったらはらはらしたりやっていることがおかしくないか）

『えっ⁉　そ、その……さ、昨晩はハ、ハードワークでしたので、学園内では、た、多少は緩くしようと思いましてっ⁉』

（生真面目なお前の性格でそんな柔軟な判断ができるとは思えないな。なにか俺に隠していることがあるだろ）

『ま、まさか隠し事なんてあるわけがありませんっ⁉』

（いいや、お前がこんな融通を利《き》かせるなんておかしい。なにを隠してるんだ？）

『な、なにもありませんっ⁉　か、勘違いですっ⁉』

次第に目を泳がせていくレインに不審感を強めたウィリアムがなおも問い詰めようとしたとき、

「よう、座らせてもらうぜ」

テーブルを挟んで向かい側の席に、ゼスともう一人腰掛ける者がいた。

「なあ、セシリーちゃんがお前に話があるんだってさ」

「な、なんだよっ⁉ ま、まさかお前まで俺に決闘を申し込むっていうのかっ⁉」

ゼスと一緒に来たセシリーを見て、ウィリアムはスプーンを持ったまま椅子から転がり落ちそうな勢いで怯《ひる》んでいた。

「ただ話をしに来ただけなのにどうしてそんなにおどおどしているのよ？」

「俺が来週マロたちとの決闘を控えているのは知っているだろ。そこにお前まで加わったらと考えたら気が気じゃなかったんだよ」

「わたしの前ではもう弱者の振りは通用しないわよ。いまはまだウィルに勝つことはできないでしょうけど、すぐに追い越してみせるから。あなたと再戦する日を楽しみにしているわ」

それは俺であって俺じゃないんだって……。

「俺はお前と戦うのなんてぜんぜん楽しみにしてないぞ。ただでさえ今度の決闘の件で頭が痛いっていうのに」

「問題ないことなのにどうして心配するのよ？　相手にすらならないでしょ、ウィルの実力に比べたらあの人たちは足元にも及ばないわよ」

「なにを言ってるんだよ、危ないに決まっているだろ。だって俺は最弱兵器なんだぞ」

「あのねえ、とぼけるのも大概にしなさいよ。ウィルが実力を隠す理由はわからないけど、度が過ぎれば相手に不快感を与えることも理解しておいたほうがいいわよ」

「だから俺は本気で心配しているんだって。ゼス、何とか言ってくれよ」

「フォローしようなんて思うかよ。お前、セシリーちゃんと知り合いだなんて一言も教えてくれなかったじゃんか。こんな美人と知り合いなら俺に教えてくれたっていいのに」

「訊《き》かなかっただろ。いちいち文句を言うな」

噛《か》み合《あ》わない会話にウィリアムはうんざりしていたが、本当のことを告げるわけにもいかない。そんなウィリアムの背後では、会話を聞いていたレインが、あわわわっ！　と焦る場面があったのだがウィリアムが気づくことはなかった。

「なにはともあれ、あなたがわたしに勝ったことがまぐれじゃなかったことがこれから証明されるって考えていいのよね？」

ようはウィリアムに、今度から実力を隠すような真似《まね》をするな、と言いたいのだろう。隠すメリットがないことは昨日説明したはずだが、覚醒初日でセシリーを倒すほどの実力があったなどという与太話を信じるつもりはないらしい。

不毛なやり取りに神経をすり減らしたウィリアムはテーブルに突っ伏しそうになった。

「どうしたの？」

「なにを言っても信じてもらえない人間の苦悩ってわかるか？」

「あれだけの強さを持っているのに、どうしてか無能の振りをする人の気持ちなんてわかるわけないでしょう。でも、あなたが実力を隠していることを知ってわたしは正直安心したわ」

「なんでお前が安心するんだよ？」

「この世界には魔力なしがいるという前提が存在しないから、あなたにはとても生きづらい仕組みになっていたでしょう。わたしたち魔力のある人間がやりたいことを基準に将来を決める一方で、あなたは魔力なしの自分にでもできることという基準で将来を選ぶしかなかったはずよ。そんな理不尽に常に苛《さいな》まれるあなたをこれでも心配していたのよ」

「たしかにこれまでは……できない自分にできることを選ぶしかなかったな」

「ええ、でもいまはそうじゃない。あなたにどんな考えがあるか知らないけど、わたしはあなたが決闘で勝つのを楽しみにしているわ。頑張ってね」

この期待を裏切りたくないな、とウィリアムはなんとなく思った。

結局午後の授業もサボり、やがてこの日の終業を告げる鐘が鳴った。

修行二日目。この日は最初から術比べが行われていた。

「昨日散々あたしにボコられても挑んでくる度胸は認めてやってもいいわ。でも逃げてばかりじゃ勝てないわよ」

必死に逃げ惑うウィリアムを、ソフィアは余裕の表情で追い詰めていた。

むろんいたずらに追い詰めているのではなく、窮地におけるウィリアムの発想力や応用力を把握して、今後の修行に役立てるのが目的だ。

ゆえに今回の術比べは、質、手数共に優れたソフィアが終始圧倒しており、ウィリアムは逃げ回るのに必死だった。当初はウィリアムからときおり攻性魔術が放たれたが、ソフィアが容赦《ようしゃ》なく魔術で叩き潰したうえに何度かウィリアムの至近に攻性魔術を叩き込んだところ、怖気《おじけ》づいたのかウィリアムは一向に反撃してこなくなった。

魔術の習得速度には目を瞠《みは》るものがあるけど、戦いの組み立て方は大したことがないようね。昨日は驚かされたけど、実戦に応用が利かないタイプってところかしら。少し期待外れ、いや、これはあたしの期待しすぎね。

このような結論にソフィアが至ったとき、これまで逃げ回っていたウィリアムがびしっとこちらを指さしてくる。

「残念だったな、俺がただ逃げていると思っている時点でお前の負けだ」

「あら、なにか考えでもあるの？」

「当然だろ。今日は学園で寝ながらどうすればお前に勝てるか考えてきたからな」

ウィリアムがこちらに向けて右手を翳《かざ》してくる。

「なっ⁉　あ、あの構えはまさかっ⁉」

直後、ウィリアムの手のひらから生じた巨大な炎の爆撃がソフィアに襲いかかってきた。

「へっ、小技ばかり連発しているとここぞっていうときに大技を出せなくなるんだよ。これでどうだっ！」

その光景を目の当《ま》たりにしたソフィアたちは口をぽかんと開けて我を忘れていた。

『ま、まさかあれは【ファイア・ブラスト】ですかっ⁉』

「も、もう第三階梯《かいてい》魔術まで使えるというのっ⁉」

驚きながらも、ソフィアが指先をぱちんと鳴らす。すると上空から突如滝のように水が降り注ぎ、ウィリアムの【ファイア・ブラスト】を一瞬で蹴散らした。

「なっ⁉」

思わず声を漏らしたが、ウィリアムはすぐさまさらなる魔術を発現する。今度は両手から放たれた【サンダー・ボルト】がソフィアに襲い来る。しかしソフィアは指先をぱちんと鳴らし、当たり前のように土の壁を出現させて【サンダー・ボルト】を受け止めた。

さらにそこから【テレポート】を駆使して一瞬でウィリアムの背後に回り込むと【ウィンド・ブラスト】でウィリアムを一気に吹き飛ばした。

危うく見誤るところだったわ、あたしが油断するのを待って二段構えの攻撃を仕掛けてくるなんて……ウィリアムは間違いなく実戦向きの魔導士。しかも成長速度は――

「測定不能ね。ふふっ、ふふふっ、どうやら本当に鍛えがいのある弟子みたいね」

ひとりでにソフィアは笑みを浮かべてしまう。

『どうなさるおつもりですか？　いまの状態ではウィリアムさんの器《うつわ》を見極められず修行計画の策定も難しいように思いますが』

「ええ、本当にむかつくくらい優秀ね。ついこの間魔力に覚醒したばかりだというのに成長速度が速すぎる。でも、修行計画は決まったわ」

【聖域不滅結界《ホーリー・サンクチュアリ》】の効果でウィリアムが回復する最中、ソフィアはある魔術を習得させることにした。

「いまのは卑怯《ひきょう》だろっ⁉　あんな魔術、俺は使ったことなんてないじゃないかっ⁉」

不正を訴えるウィリアムの視線の先には、苦心の末に編み出した二段構えの不意打ちを一蹴したソフィアの姿があった。

昼休みの一件で少しだけやる気の出たウィリアムが「今日は速攻でお前をぼこぼこにしてやるからな」と意気込んでソフィアと戦った挙句、見知らぬ魔術であっさり倒されたという構図である。

「はあ、なに都合のいいことを言ってるのよ。戦いに卑怯はないんじゃなかったの？」

ぐぬぬぬぬっ⁉と唸《うな》るウィリアム。

「師匠として講評するなら発想は悪くなかったけど残念といったところかしら。相手が自分の知らない魔術を使ってくるのは当たり前のことよ。あんたもあたしたちが知らない魔術でセシリーを追い詰めるところを特等席から見ていたでしょ」

「なら俺にもっと色んな魔術を教えろよ」

「基本的な魔術書なら学園にもおいてあるんじゃないの。まあいくら覚えたところで無駄だけど」

「それはこの時代の魔術が千年前の魔術に通用しないってことか？」

「いいえ、あたしには使えない魔術が存在しないっていう意味よ」

「使えない魔術が……ない？」

「ええ。本来であれば魔導士はそれぞれ魔術に適性があって、火魔術が得意な代わりに水魔術が苦手といった、得手と不得手な魔術があるの。でもあたしは全属性の魔術を完璧に扱えるように訓練してきたの。だから常に相手が発現してきた魔術の反属性魔術を行使できる全属性使い《エレメンタル・マスター》なのよ」

ここにきてウィリアムは、目の前の人物が魔導に秀《ひい》でる天使族の中でもっとも優れたとされる人物であることを思い出す。

「そ、存在自体がチートとか卑怯にもほどがあるだろうがっ⁉」

「なに言ってんのよ。子供の頃から自堕落な日々を過ごしているあんたと違って、あたしは毎日必死になって魔術を学んでいたんだからこれぐらいの差ができて当然よ。あんたと決闘する学園生たちも発現できる魔術の種類はあんたより断然上でしょ。いまから使える魔術のレパートリーを増やして勝とうなんて考えは時間の無駄だから諦めなさい」

「な、なら俺はどうすればいいんだよっ⁉」

ソフィアを倒してサボることばかり考えていたが、マロたちとの決闘に勝たなければ意味がない。しかし、数の面で不利なのでマロ軍団の中に反属性魔術の使い手がいたらアウトという事実にウィリアムはいまさら気づく。

「【マジック・アロー】を極めなさい。無属性だから反属性は存在しないわ」

「【マジック・アロー】って平民でも使える地味で弱いやつだろ。どうせ覚えるならもっと派手な魔術のほうがいいんだけど」

ソフィアほどの達人が薦めるにはあまりにお粗末な魔術に、ウィリアムは不満顔になる。

「あら、【マジック・アロー】は知っているのね。あっ、そっか。この国の貴族は【マジック・アロー】を最初に習うのね。だから魔力に覚醒しなかったあんたでも幼少の頃に習いはしたわけね、発現はできなかったけど」

「う、うるせえっ⁉　だ、だったらなんだっていうんだよっ⁉」

図星を指されたウィリアムが意固地になって反論する。

「あんた【マジック・アロー】の通称を知らねえのか、最弱の魔術だぞ。第一階梯の中でも初歩の初歩の魔術なんか役に立つわけねえだろ。もっと派手なのを覚えさせてくれよ」

「あんた程度の実力で派手さを求めるなんて百万年早いわ。【マジック・アロー】だって使い方次第では大きく化ける魔術なのよ。そういうわけでこれ以降【マジック・アロー】以外の魔術を使うのは禁止よ。決闘でも【マジック・アロー】だけを使いなさい。わかった？」

「でも、そんなことをして負けたらどうするんだよ？」

「使う魔術が増えることのデメリットはもうひとつあるわ。戦闘中の選択肢が増えることよ。これは一見いいことのように聞こえるけど、効果範囲や発現速度をきちんと把握していないと咄嗟《とっさ》の動きが遅くなるからいまのあんたには旨味《うまみ》が少ないの」

「たしかに……そうかもしれないな」

「その点【マジック・アロー】は無属性だから反属性が存在しないわ。威力は低いけど数を撃てばそれもカバーできるから、いまのあんたに最適な魔術よ。まだあたしの言うことに不満があるの？」

もとよりソフィアは世界最強の一角と言っていい魔術の専門家であり、その助言は一般人のものとは異なり信頼性がある。そんな彼女から説得されれば、素人《しろうと》のウィリアムに反論材料は残らなかった。

「わかった。あんたの言う通りにするよ」

『なぜ【マジック・アロー】を極めさせようと思われたのですか？』

実体化を解除したソフィアが指示通りに魔術を発現し続けるウィリアムを見守っていると、傍《かたわ》らに控えるレインから尋ねられた。

『【マジック・アロー】は消費する魔力のわりには威力が低いためそれほど便利な魔術で

はありません。実用的な魔術なら他にいくらでもあるはずです』

『当然普通はそう考えるわね、【マジック・アロー】はわざわざ極める価値なんてないって。念のために確認するけど反属性魔術への対策という面ではどうかしら？』

『ソフィア様のような全属性使い《エレメンタル・マスター》を相手にした想定など、千年前の基準からしても馬鹿げていることです。通常通り相手が反属性魔術の使い手であっても、創意工夫で隙を作り勝利できる魔導士を目指せばいいと思います』

『ええ、それが正解よ。最終的に魔導士は切り札となる魔術を習得してそれを中心に戦術を組み立てるようになるわ。だからあたしのような存在は例外中の例外ね』

『ならばなぜそのことをウィリアムさんに教えないのですか？』

核心について訊《たず》ねられ、ソフィアは弟子の前では絶対に言えないことを口にする。

『それはウィリアムが規格外だからよ』

『どういう意味でしょうか？』

『さっき手合わせして確信したんだけど、魔術の威力が昨日より明らかに強くなっていたわ。たぶんものすごい勢いで魔力量が増え続けているんでしょうね。魔力量ならもう学園のトップクラスだと思うわ』

『えっ、ま、まだ二日目ですよっ⁉』

『ええ。みんなが数年、ともすれば十年以上の歳月をかけて上げた魔力量にもう追いついているわね。気になって学園で情報収集をしてみたけど、現代ならあの学園の卒業生たちがどうにか第三階梯魔術を使えるようになるらしいわ。二学年が始まった時点で第三階梯魔術を使えるのは間違いなく優等生よ』

だが、この事実をウィリアムに報《しら》せるつもりはない。

『それで話を戻すけどウィリアムに【マジック・アロー】を極めさせる理由は最弱の魔術だからこそ、決闘で使ってもウィリアムに自分の成長を気づかせにくいからよ。決闘で強力な魔術を使ったら目立ちすぎて絶対に気づかれるわね』

『なるほど、【マジック・アロー】を極めさせる理由はわかりました。ところで決闘の日までにウィリアムさんがどれほど成長すると考えているのでしょうか？』

『術比べをした初日であれだけ伸びるからには、これから毎日魔術を行使させ続ければ、あいつは無自覚のままいまより断然に強くなるわ。残りの六日間で魔力量だけなら第四階梯魔術相当は確実、もしかすれば第五階梯魔術相当に手が届くかもしれないわね』

『だ、第五階梯ですかっ⁉　ウィリアムさんが魔術に覚醒したのはついこの前なんですよっ⁉』

『たしかに驚きね。できればその先も教えてあげたいんだけど、いまのあたしに扱える魔力の量だとこの結界はどうやっても一週間しか維持できないのが悔やまれるわ。地脈の力を借りてもこれ以上は絶対無理なのよ』

『……たしかにそれは残念ですね』

『べつにレインが残念がることじゃないわ。これはあたしが好きでやっていることだから』

どこか沈むレインの声を聞き、ソフィアは話題を切り替える。

『そういうわけでウィリアムには無理やりにでも一日中この修行を受け続けさせたいのよ。あいつは普段学園でどうやって過ごしているか知ってる？』

『そうですね、基本的に授業をサボって眠っているようです』

『ふふんっ、それはいいことを聞いたわね』

ひたすら【マジック・アロー】を連射し続けるウィリアムのもとにソフィアは歩み寄る。

『レインから聞いたんだけど、あんたは学園の授業には出ずにサボっているそうね』

「だ、だったらどうだっていうんだよっ⁉」

『今日から決闘前日まで学園に通わなくていいわ』

「い、いいのかよっ⁉　助かるぜっ‼」

『こら、人の話は最後まで聞きなさい。代わりにここで延々と【マジック・アロー】を撃ち続けてもらうわ。今日から眠る必要もないし食事を摂《と》る必要もない、それに嫌な学園に通わなくていいのよ。まさか文句があるなんて言わないわよね？』

反発を見越したソフィアが警告したところ、突如ウィリアムはその場に倒れてしまった。

『えっ⁉　ど、どうしたのよっ⁉』

『わ、わかりません。調べてみます』

ソフィアたちが慌てて近寄ると、まるで魂でも抜けたような締まりのない顔をしたウィリアムがつぶやく。

「こ、これまではソフィアさえ倒せば修行が終わると考えて頑張ってきたけど、も、もう無理っ⁉（がくり）」

『ま、まだ修行中ですよっ⁉　や、やる気を出してくださいっ⁉』

レインが必死に呼びかけるも、意識を失ったように脱力してしまったウィリアムからは反応がなかった。

『ど、どうやら完全に心が折れてしまっているようですっ⁉』

『死ぬわけでも危険があるわけでもないのに軟弱すぎなんじゃないの。とはいえ少なくともこれまでは頑張ってきたわけだし、モチベーションアップに繫《つな》がるご褒美《ほうび》を用意したほうがよさそうね』

『ええ、それがいいと思います』

実際のところウィリアムの言い分もわからないではなかった。

『でも、なにを用意したらいいやら……。レイン、こいつの好きなものはわかる？』

『好きなものですか。そうですね……あっ⁉』

『どうしたの？』

『そ、その……わかることにはわかるのですが。ですがその……』

『聞こえないわよ。もっと大きな声で言ってちょうだい』

『〜〜〜〜っ⁉　その……パ、パンツを見るとかではないでしょうかっ⁉』

『え、え〜〜〜っ⁉　あ、あんた正気っ⁉　本気で言ってるのっ⁉』

『は、はいっ⁉　じつは……この前ウィリアムさんがわたしのパンツを見てました。と、殿方というのはそういう生き物なのではないでしょうか？』

『〜〜〜〜〜っ⁉　せ、背に腹は代えられないわ、し、しかたないわねっ⁉』

ぎゅっと拳を握りしめなにやら決意をしたソフィアは股を開いてうわの空になっているウィリアムの顔の上に立つと、恥ずかしそうにスカートを捲《まく》りあげた。

『こ、これでどうよっ⁉　こ、これで、す、少しは元気が、で、出たかしらっ⁉』

赤面しながらソフィアが下を見る。するとそこには、

「なにやってんだ、この痴女」

真顔でどん引きしているウィリアムの姿があった。

『〜〜〜〜〜っ⁉　あ、あたしを侮辱するとはいい度胸ねっ⁉　あ、あんたには一度あたしに喧嘩《けんか》を売ることの恐怖を教えておく必要があるようねっ⁉』

「ひぃぃぃぃぃっ⁉」

無理やりやる気を呼び覚まされたウィリアムをソフィアが容赦なく魔術で追い立てていく。数分後にはソフィアに調伏されたウィリアムがしぶしぶ従う光景があった。

『あ、あたしのパンツを覗《のぞ》いただけでなく侮辱したのよっ⁉　と、途中で諦《あきら》めることは許さないんだからっ⁉』

ちなみにそれからのウィリアムの感想はこのような具合である。

二日目……本当に【マジック・アロー】しか撃たせてもらえなかった。どうかしている。
三日目……ソフィアがヤバい。疲れたって言っているのに寝させてもらえない。
四日目……死ねクソ天使と愚痴を言ったら聞かれていてぼこられた。
五日目……結界から逃げ出したら攻性魔術で殺されかけた、頭がぶっとびすぎだろ。
六日目……もうダメ。修行しすぎて死ぬ。

七日目……ああああああああああああああああああああ――――っ⁉

瞬《また》く間《たま》に時が経《た》ち、審判の日が訪れた。

久しぶりに学園に登校したウィリアムは放課後になると、マロの仲間に呼び出されて教室から連れ出された。向かった先は正門と本校舎の間にある噴水広場だ。

ちょうど百人集まったマロ軍団たちの見下しきった視線がウィリアムへと向けられる。

人数が増えすぎたため闘技場におさまりきらず、臨時で広い場所を借りたらしい。

(お、おいっ⁉ あれから本当に【マジック・アロー】しか練習しなかったけど、ほ、本当に大丈夫なんだろうなっ⁉)

『安心しなさい。ざっと見たところみんな口だけで本当に強いやつは交ざっていないわ』

『そのようですね。マロという学園生に関しても中の下程度の実力しかないようです』

(で、でも、相手は百人いるんだぞっ⁉)

圧倒的な人数差を前にウィリアムの震えが止まらなくなっているとき、軍団を率いるマロが顔を出した。

「ようウィリアム、僕たちにボコボコにされる覚悟はあるんだろうな?」

「ま、負ける覚悟でこの場に来るわけないだろっ⁉ そ、そんなことより、お、お前らっ⁉　お、俺と戦ったことを後悔させてやるからな、か、覚悟しろよっ⁉」

「はんっ、膝を震わせてなにをほざいてるんだ」

虚勢を張るも、マロの一言にあっけなく粉砕された。

（な、なあ、ここで俺がくたばるようなことがあればお前らの目的だって果たせなくなるぞ。お、俺に憑依《ひょうい》して戦わなくていいのかよっ⁉）

『姑息《こそく》なことなんて考えずあんたは普段通りに戦いなさい。相手が雑魚《ざこ》なら何人いたところで勝てて当然でしょ』

（いや、絶対に当然じゃないだろっ⁉　どう考えてもあいつらのほうが強そうじゃんかっ⁉　な、なあやっぱり【マジック・アロー】以外の魔術も使う方向で――）

『いいからあたしの言う通りにやるの。あたしたちは遠くで見学するからあとは頑張りなさい』

（なっ、み、見捨てるのかよっ⁉）

頼みの綱であったソフィアとレインの姿が消えてしまったそのとき、審判役のメイアが宣言する。

「始めっ‼」

「げっ、まだ話の途中だっていうのに本当にいなくなったのかよ。あいつらいったいなにを考えているんだ――

もはや念話する余裕すら失ったウィリアムの視線の先には、こちらへ向かってくるマロ軍団の姿があった。

「こ、こんな多勢を相手にいったいどうしろっていうんだっ⁉　くそっ⁉」

やけになったウィリアムが必死の思いで奮起する。

「か、かかってきやがれっ！　か、かたっぱしからぶっ飛ばしてやるっ！」

「はんっ、最弱兵器如《ごと》きが吹かしたところで怖くないんだよ。喰《く》らえ【ライトニングっ！」

マロ軍団の一人が攻撃を放ったのを皮切りに次々と魔術攻撃が放たれる。合計で二十発を超える攻撃が自分に向かってきた。

くそっ、このまま何もせずに終わってやるもんかっ⁉

ウィリアムは【マジック・アロー】を発現しようと魔力を高める。

いくら魔術を使えるようになったにせよ、最弱兵器の俺とマロたちの間にある差はそう簡単に埋まるものじゃない。でもあれだけ修行したんだ、相殺《そうさい》はできなくてもせめて軌道を逸《そ》らすことぐらいはできるはずだっ⁉　どうせ負けるにしたってせめて一矢《いっし》報いてやるっ‼

迫ってくる多数の魔術攻撃を、一瞬で発現した多数の光輝の矢で迎え撃つ。

「うおおおおおぉぉぉ――――っ！　貫けえええええぇぇぇ――――っ！」

逆境の中勇気を振り絞ったウィリアムが雄叫《おたけ》びを発するや否《いな》や、ウィリアムの放った魔術とマロたちの魔術が衝突した。

自らの圧勝を確信するマロたちと、必死に祈りを込めて結果を見届けようとするウィリアム。直後、目の前に広がっていた奇天烈《きてれつ》な光景に、マロも、そしてウィリアムも目を疑った。

「「なっ⁉」」

ウィリアムとマロが驚いたのも無理はない。なぜならばウィリアムの放った【マジック・アロー】は迫りくる魔術を本当に貫いたうえ、魔術を放った術者を吹き飛ばしていたからだ！

吹き飛ばされた術者の一人がマロの足元まで届き、その光景を目撃したマロは驚愕《きょうがく》しながら声を絞りだす。

「お、お前っ⁉　い、いったいなにをやりやがったっ⁉」

対するウィリアムも目の前で起こった光景をいまだに正確に理解できずにいた。

あ、あれっ⁉　こ、攻撃が通ったぞっ⁉

誰もが知る最弱の魔術を最弱兵器の自分が撃ったのに、マロの仲間たちが吹き飛ぶという結果になったことが理解できなかった。

い、いったいなにが起こったんだ？

ウィリアムの瞳に映るのは、揃《そろ》って目を瞠《みは》りあんぐりと口を開けているマロとその仲間たちの姿だ。

ど、どうして誰も反撃してこないんだ？

マロたちの事情など知る由《よし》もないウィリアムは何かの策ではないかと恐る恐るマロたちの様子を窺《うかが》っていた。

「な、なにをしているんだっ⁉　と、とっとと攻撃しろっ⁉」

マロの怒声でようやく我に返った者たちが大慌てで詠唱し始める。ウィリアムの脅威を目の当《ま》たりに《あ》した者たちは誰もが真剣な表情で寸刻を惜しみ魔術を発現しようとした。

だが、ウィリアムを前にして詠唱するという過程そのものがあまりにも長すぎた。なにせウィリアムは無詠唱魔術の使い手なのだ。

えっ、なんであんなにゆっくりしているんだ。ま、まだ反撃してこないのかよ。な、舐《な》めやがって、ならこっちから行くぞ。

一瞬で発現したウィリアムの【マジック・アロー】が一方的にマロたちを蹂躙《じゅうりん》してい

く。どうにか魔術の発現に成功した者もいたが、それらの魔術は【マジック・アロー】を相殺するどころか、軌道を逸らすことすらできず粉砕された。

目の前で繰り広げられる悪夢のような光景にマロは叫ばざるを得ない。

「ば、馬鹿なっ⁉ な、なんで最弱の魔術にあんな威力があるんだっ⁉」


誰もがウィリアムに驚愕する光景を、ソフィアはレインとともに校舎の窓から眺めていた。

『あいつらが何人集まったところでウィリアムを止めることは不可能よ。魔導士としての格が違いすぎるわ』

『ウィリアムさんは千年前の魔導士と比べてもそれなりの領域に到達しているのではありませんか？』

『千年前ならまだ並レベルよ、ただ魔力に覚醒してから九日《ここのか》という点を考えれば奇跡と言っていいわね。あのマロっていうのはどう足掻《あが》いても勝てないわ。でも、それは一番不幸なことじゃないわね』

『では一番はなんなのでしょうか？』

『ふふっ、あいつらにとっての最大の不幸は、ウィリアムはまだ自分が強いことに気づいていない無自覚の天才だってことよ』

ソフィアは意地の悪い笑みを浮かべてこう言った。

『誇りだけ肥大した連中にとって、雑魚と見下していた輩《やから》に蹂躙されるほど屈辱的なことはないわ』

「なあ、お前ら全力を出さないで本当にいいのか？」

当初あった必死さが少しも感じられない声でウィリアムが尋ねる。それは相手を侮《あなど》っているからではなく、奇妙な行動に困惑しているからだ。

「そっちがその気ならいいけどさ、負けたあとで言い訳するなよ」

想定外の事態に絶句しつつあるマロたちを、ウィリアムは手加減と断定した。当然マロたちはこの事実に憤《いきどお》りを覚える。

「ちょ、調子に乗るのも大概にしろっ⁉　お、お前ら、全員で一斉にかかるぞっ⁉」

マロはまだ無事な仲間とともに一斉に魔術を発現しようとする。だが、反撃の気配を察知した直後ウィリアムが【マジック・アロー】を放つ。奔《はし》る光の矢の数々は、抗《あらが》うもの全てを粉砕し続けた。その都度各所から悲鳴が上がり、マロの仲間たちが吹き飛ばされていく。

「お、お前、い、いったいなにをしたんだよっ⁉」

気づいたときには立っているのはマロ一人になっていた。あれだけいたマロ軍団は崩れ去り、なぜか怯《おび》えた表情のマロがこちらを見ている。

いったいいつまで本気を出さないつもりなんだ、あとはマロしか残っていないぞ。

気になったウィリアムはついに声に出して尋ねる。

「だからいつまで雑魚の振りをしているんだよ。そろそろ本気を出さないと俺に負けるぞ」

無自覚のウィリアムの言葉が窮地に陥っていたマロの誇りを踏みにじった。

「ふ、ふざけるなよ雑魚があああああ――――っ‼　うおおおおおおおお――――っ‼」

激高するマロを見て、いよいよ本気を出してくる、とウィリアムは確信する。

いまの俺の力があのマロ相手にどれだけ通用するかはわからない。でもここまで来たなら最強の一撃をお見舞いしてやる！

これまでウィリアムは常に【マジック・アロー】を複数発現して雨矢として放っていた。

しかし今回は分散させていた力を溜《た》めに溜めて、全てを込めた一撃を放とうとする。

「くたばれ、【サンダー・ボルト】っ！」

マロが第二階梯《かいてい》魔術を放ってきたとき、ウィリアムはちょうど溜めが終わったところだった。

「負けるかあああああああああああああああああ――――っ！」

ウィリアムが実体化するほどの濃密な魔力を纏《まと》った手を振りかざす。その直後、怒濤《どとう》のような【マジック・アロー】が放たれようとし、

「それまでっ！　勝者、ウィリアムっ‼」

「えっ⁉」

審判役であるメイアの声を聞き、ウィリアムはすでに発現してしまった【マジック・アロー】の軌道を慌てて逸らす。その一撃は一瞬にしてマロの【サンダー・ボルト】を呑《の》み込み、その後も勢いが衰えることなくマロのすぐ脇を奔り抜け、正門を掠《かす》めるようにして空の彼方《かなた》へ消えていった。

あと一歩で死ぬところだったマロが立ったまま気絶する一方、肩透かしを食ったかのようにウィリアムは戸惑っていた。審判を務めていたメイアが当惑した様子で尋ねてくる。

「ど、どうしたんだねっ⁉」

「これからようやく本気を出そうっていうところだったんだけど、もう終わりなんです

か？」

するとなぜかメイアが目を瞠ったが、そのまま何も言わずにウィリアムに帰宅するように促してきた。

ま、帰れるならそれでいいや。

当初こそ悲観的であったが最終的にはなにも問題なく解決したため、ウィリアムはさっさと帰宅することにした。メイアが驚いていた理由も少しは気になったが、面倒ごとから解放されたいまとなってはどうでもよかった。

正門の前にはソフィアとレインの姿があった。

「お前ら勝手にどこに行ってたんだよ？」

『そんなのはあたしたちの勝手でしょ。あんたの楽勝だったからどうでもいいじゃないの』

「まあ、そうだけどさ。なあソフィア、もしかして俺って強いんじゃないか？」

あのマロたちに勝ったことで、ウィリアムには少し自信が湧いていた。

『はんっ、馬鹿言ってるんじゃないわよ、勘違いも大概にしなさい。あれは相手が弱すぎただけ。いくら修行したところでそう簡単に強くなれないわ。あんたが勝てるような相手は雑魚《ざこ》だと考えないと頭が悪く見えるわよ』

『そ、そうですよウィリアムさん。勝ててうれしいのはわかりますけどもう少し実力を弁《わきま》えるべきだと思います』

二人から否定されて、ウィリアムは誰に言うでもなくつぶやく。

「まあ、俺が勝てるならその程度の相手だったたってことか」


決闘翌日、ユークリウッド魔導学園にて。

廊下で遭遇した学園生たちがウィリアムを見ると「ひぃぃい！」と驚いたような声を上げて慌てて去っていく。きっとマロ軍団の一人だったのだろう。

『ウィリアムさんを見る学園生の目が少しは変わったようですね。いまの気分はどうですか？』

（べつに。あいつらはこれまで俺のことを見下していた連中だろ。そんな連中から評価されたところでうれしくもなんともねえよ）

ふと足を止めたウィリアムは辺りを見回して誰もいないことを確認したあと、声に出して伝える。

「でも、お前には一応礼を言っておいてやるよ。やりたくもないのに一週間も俺の面倒を見ててくれたしな」

『えっ？』

「お前は俺のことを嫌いだろ、尊敬するイリスたちに生意気な態度をとっているからな。なのに最後までサポーターとして付き合ってくれて助かったよ。俺は生まれてこの方、人に呆《あき》れられて見捨てられることばかりだったからな」

お礼を口にすると、なぜかレインがぼうっとしていた。てっきり嫌味のひとつでも返されるかと思っていたが想定外の反応だった。

「どうかしたのか？」

『い、いえ、なんでもありません。そんなことよりソフィア様にはお礼を伝えなくてよろしいのですか？』

「べつにいいだろ。あいつは俺に無理やり修行を受けさせてるんだぞ。感謝されるのは俺だろ」

『ソフィア様にも事情があることは察しているのでしょう？』

「まあな。でも、ソフィア、いや、お前らに事情があるように俺にも事情がある。いくら千年前の英霊でも個人の自由を侵害して好き放題する権利なんてないだろ」

『たしかにそうですが……』

「だからお前らが好きにしているように俺も好きなように振る舞う。俺たちの関係はそんなもんでいいだろ」

『まあべつにいいです。いまのウィリアムさんに言ってもわからないことが多いですから。ですが、ウィリアムさんがわたしの想像より少しは立派だったことは評価しておきます』

「なにかお前から評価されるようなことをしたか？」

『じつはわたしはこれまでウィリアムさんを嫌な人だと思っていました。わたしたちと出会って以来イリス様たちに生意気な態度をとっていますし、なにより常に怠惰でいようとするその貧しい心根がわたしの好みではありません』

「お前けっこう厳しいことを言うよな。まあ本当のことだけどさ」

『ですが、心底嫌だったソフィア様の修行をどうにか我慢して最後まで成し遂げたことは認めて差し上げます』

そう言ってレインがふっと微笑を浮かべる。

『きっとウィリアムさんはこれからも修行を受け続けることになります。今回の件で努力したという経験を忘れずに次回も頑張ってください』

「ははは」

冗談でも聞いたように笑った後、ふとウィリアムは中指を突き立てんばかりの真顔になる。

「お断りだ」

三章　学年選抜

「はあー、俺がこんなところにいるなんて場違いにもほどがあるだろ」

気だるげに頬杖《ほおづえ》を突くウィリアムの姿は放課後の階段教室にあった。

じつは二学年四百八十人の中から上位二十四人だけ選抜される、特別なカリキュラムの対象者にウィリアムが選ばれてしまったのだ。これは特別授業と呼ばれる、学年の上位五パーセントのみが受講を許される少数精鋭向けの授業だ。

そんな場にウィリアムが相応《ふさわ》しいとは、誰よりも当人が思っていなかった。

（なあ大して強くないのになんで俺が選ばれたんだ？）

『そ、そうですねっ⁉　せ、先日のクラスメートたちとの決闘は正直言って相手が弱すぎたのであまり評価されていないと思いますっ⁉　もし評価されたとすれば、やはりイリス様たちが戦った実技試験のほうでしょうかっ⁉』

（やっぱりそれか。あいつら、本当にとんでもないことをやってくれたよな）

強くなりたいなどといった高尚な目標はないウィリアムは当初サボろうとしていたのだが、怠惰な性格を熟知していたメイアに「呼び出しに応じなければキミを退学処分にする」とあらかじめ釘《くぎ》を刺されてしまっていたため、出席しないわけにはいかなかったのだ。

「はあー、面倒なことになったな。俺がいるなんて人選ミスだろ」

溜め息《いき》をつき、如何《いか》にもやる気なさそうにしているウィリアム。そんな彼と同じ長椅子に腰掛けているセシリーとゼスが咎《とが》めてくる。

「人選ミスじゃないことは事情を知る人なら誰でもわかるわよ。いつからあんなに強くなったの？」

「最初からだろ、あんな強さ一朝一夕でつくもんじゃない。どういうわけか知らないけどずっと実力を隠してたんだろ」

「だから隠してないって言ってるだろ」

ウィリアムは何度も訂正しているのだが、話が通じる気配は一向になく途方に暮れるしかなかった。

くそっ、いまからでもどうにかしてイリスたちと別れる方法はないのか。

などとウィリアムが現実逃避をしているとき声がかかった。

「おい、なぜ最弱兵器がここにいるんだ？　ここにいることが許されるのは実力者だけのはずだぞ」

ウィリアムが振り向くと、そこには金髪碧眼《へきがん》で二枚目顔をした青年がいた。階段を上って席に着く際に、通路に面したところにウィリアムがいたため、気になって足を止めたらしい。

「誰だよお前?」

堂々とした態度がやたらと様になっている青年にウィリアムが尋ねる。すると相手は、眉間に皺《しわ》を寄せたなんとも言えない顔になった。たとえるならまるで珍獣にでも遭遇したような顔といったところか。

「ウィ、ウィル、あ、あなた本当に目の前のお方がどなただかわからないの?」

「さ、さすがに知らないとまずいだろ」

なぜかセシリーとゼスが焦《あせ》った顔をしている。察するにどこかの有名な貴族の関係者のようだが、追放された身であるウィリアムは貴族同士の横の繋《つな》がりなどどうでもよかったので気にしないことにした。

「先に質問したのは俺だ。なぜお前がここにいるんだ?」

口ぶりから察するに、ウィリアムがこの場にいることが大層お気に召さないらしい。それについては同感だが、かといって下手に出るつもりはなかった。

「ごちゃごちゃうるせえな、納得いってないのは俺も同じなんだよ。なんで俺が特別授業に参加させられているんだ。どう考えても実力不足なのに選抜されるのはおかしいだろうが」

相手が意外そうに驚く。

「お前、憤《いきどお》るところはそこなのか？」

「ふぉふぉふぉ、残念じゃが辞退は認められておらんよ。ここに集められた皆は全員がこの学園きっての優等生じゃからな」

ウィリアムたちのやり取りに割って入ったのは学園長である。どうやら言い合いになっている間に学園長を始めとする教師陣が到着していたらしい。

ウィリアムが壇上を見るとメイアと目が合ってしまった。

「そうだぞ。少しは喜んだらいいじゃないかウィリアム。実家に顔向けできるだろう？」

「俺は能無しで一族を追放された身なんですよ。実家の敷居《しきい》を跨《また》ぐことすら許されないのは先生もよく知っているでしょうが」

「まあな。そのことでお前が拗《す》ねているのも含めてよく知っている」

「す、拗ねてなんかいませんよっ⁉ じ、実家のことなんかどうだっていいですっ⁉」

ムキになったウィリアムが反論していると、絡《から》んできた相手はやれやれと頭《かぶり》を振り席に着いた。そのタイミングで学園長がメイアに話を振る。

「先生、話を進めてもらえるかのう」

「失礼しました。それでは本日の特別授業では少数精鋭の学園生によって行われる、東部でのモンスター討伐遠征について説明する」

モンスター討伐遠征だって？　まさか戦う必要があるのか？

気になったウィリアムが真面目にメイアの話を聞いたところ、例年この時期に特別授業に呼ばれた学園生はモンスター討伐遠征に参加させられており、今回はモンスターの活性が異様に高まっている東部に派遣されるとのことだ。

やる気なしのウィリアムにとっては面倒なことこのうえない内容だった。しかし、説明も終盤に差しかかった頃に朗報があった。幸運なことに、モンスター討伐においては死傷する可能性があるため学園生の参加は任意であるらしい。

ふぅ、つまり参加しなければいいだけか。

ウィリアムが安心していると、メイアは最後にこのように付け足した。

「説明は以上だ。ちなみにウィリアムが参加を拒否した場合には退学扱いにする。キミは魔力がないからこれまで授業をサボっていても甘く見ていたが、本当は魔力があるのを隠していたようだからな。いままで甘やかしていたぶん厳しく対応するからそのつもりでいろ」

「な、なんですかその特別扱いはっ⁉　卑怯《ひきょう》でしょうがっ⁉　俺にだって事情が――」

「他に質問がある者はいるか？　ないようなのでこれにて解散する」

抗議は受け入れられず教師陣たちは粛々と退場していく。無慈悲な対応を受けたウィリアムは暫《しばら》くの間置物のように固まっていた。

「勘違いしてしまったようだな。すまなかった」

ふと顔を上げると、そこには先ほどの青年の姿があった。

「ああ、今度から気をつけろよな。俺には向上心とかないんだから。そういやお前さっきから偉そうだけどなんていう名前なんだよ？」

そう口にするや否《いな》や、ウィリアムは後ろから頭を、ばしんっ！　と叩《たた》かれた。

「なにするんだよ」

抗議した先にいるセシリーは呆《あき》れた表情を浮かべている。

「知らないわけがないと思うけど、あなたの目の前にいらっしゃるのはレオナルト・ユークリウッド殿下、この国の王太子よ」

「えっ⁉」

ウィリアムはレオナルトに向きなおると、視線を足先から徐々に上へと移し最後にレオナルトの顔でぴたりと止めた。

「で、殿下っ⁉　さきほどの無礼は全部ここにいる天才魔導士の仕業ですっ⁉」

「幼馴染《おさななじみ》を人身御供《ひとみごくう》にするなんていい度胸じゃないの」

マジ切れする五秒前の顔をしたセシリーがちょうど魔術を発現しようとしたタイミングで、レオナルトが割って入る。

「かしこまる必要はない。学園では誰もが身分の分け隔てなく平等に扱われるべきだ」

寛大な対応にセシリーは胸に手を当て感謝を示す。一方ウィリアムは無事に済んだことで調子に乗っていた。

「ところで俺の特別授業参加を阻止してくれると助かるんだけど、王太子様の権限でどうにかならないか？」

「ウィルっ⁉」

あまりの図々《ずうずう》しさにセシリーが咎めるが、すでに手遅れだった。

「勘違いしているようだが、俺に与えられた権力は濫用するためにあるのではなくこの国の人々を守るためにある。それは魔導士としての力も同じだ」

レオナルトは突如腰の剣帯から騎士剣を取りだすと、ウィリアムの喉元に突きつけた。流れるような一連の仕草にまったく反応できなかったウィリアムはうっと表情を強張《こわば》らせる。

「ウィリアム、魔術が使えなかったのならなぜ剣術を極めようとしなかった？　ただの剣術であっても体を鍛えるのに役立つのは誰でもわかるはずだ」

「や、やる気がなかったからだけど」

「だろうな、魔力がなくともできることがあったはずだ。だが、お前はやろうとせず嘆くことで自らの行いを正当化し続けてきたのだろう」

せ、正論過ぎて言い返せねえっ⁉

「俺はお前のように弱者に甘んじる者が嫌いだ。だから俺の前では二度とふざけた態度をとるな。危なくなったら助けてはやるが、東部ではせいぜいみんなの足を引っ張らないようにしていろ」

そう言ってレオナルトは階段教室を後にした。一方で、叱責されたウィリアムはまったく反省しておらず、むしろ得心したようにぽんっと手を叩く。

「そっか、今回は俺の代わりにこいつらに戦ってもらえばいいのか」


放課後、ウィリアムの部屋にて。

『こら小僧、なぜ言い返さなかったんだ？　「貴様如《ごと》きの矮小《わいしょう》な力がこのわたしに通用するとでも思うのか」と啖呵《たんか》のひとつやふたつ切れたはずだろう』

帰宅早々ウィリアムはイリスからレオナルトとの一件を咎められる。学園での出来事はレインによってつつがなく報告されていた。

「こっちは剣術の基本的な型すら知らないんだから通用するに決まってんだろ。つーか、そんな思い上がった勘違い野郎みたいな台詞《せりふ》を口にすることなんて一生ねえよ」

『誰が勘違い野郎だ、真の強者とはそのような台詞を常々口にするものなんだ。お前は非力すぎるぞ』

『イリス様をまた怒らせるなんて。あなたという人はどうしてこう何度も同じことを繰り返すんですか』

「そんなのと契約したお前たちの責任だろ。嫌だったらしなけりゃよかったじゃんか」

『そういう態度がイリス様の癪《しゃく》に障るんです』

『まあまあ、二人とも一旦落ち着こっか』

いまにも喧嘩《けんか》しそうなウィリアムとレインを宥《なだ》め、ミオが現状を総括する。

『実力が認められたという意味で東部派遣組に選抜されたのはいいことだと思うよ。でも、いまのウィル君の実力だとモンスターとの戦いは厳しいだろうね』

『ふむ、なら新しい修行が必要ということだな』

ここぞとばかりにイリスが目を輝かせていたが、ウィリアムは涼しい顔をしていた。

「そんな必要はないだろ。俺以外は優等生なんだから戦闘になったらそいつらに任せればいいじゃんか。最弱兵器の俺なんて戦力として数えてない様子だったしな。だから」

『だから？』

イリスに尋ねられ、ウィリアムは臆面もなく宣言する。

「モンスターと遭遇したら俺は後ろに退いて逃げていればいいだろ。戦わないから修行はいらないぜ」

今日から怠惰な日々をとり戻せるので、イリスたちは落胆の色を隠せないとウィリアムは考えていた。その予想に反して彼女らはきょとんとしたようにこちらを見ているが、ウィリアムは都合よく勘違いする。

「どうやら俺の完璧な計画を前に言葉もないようだな」

『違うわよ、あんたが馬鹿すぎてみんな言葉を失っているの』

これまで静かにしていたソフィアが口を挟んできたとき、同調するようにミオが頷《うなず》く。

『モンスターは人族に比べて身体能力が遥《はる》かに優れているから、不意を突いて接近されて喉笛を食いちぎられることが割とあるんだ。他にも魔術に耐性のある種族や、群れで活動する種族が襲ってきたら前衛だけでは対処できないことなんてざらだよ。近接戦闘技術を習得していないとあっさりと死ぬだろうね』

「なっ⁉　そ、そうなのかっ⁉」

考えの甘さを指摘されたウィリアムは絶句した。

『本当に気づいていなかったのか。お前、少しは身の程を弁《わきま》えたほうがいいぞ』

『あたしは魔術を教えただけで接近戦はまったく教えなかったからね』

『そういえばウィリアムさんは鈍かったですね。レオナルトさんから騎士剣を突きつけられるまでに身動きひとつ取れませんでした。鍛えておいたほうがいいと思います』

「お、おいっ⁉　ま、まさかっ⁉　こ、この流れって――」

『いまの実力だとキミは早々にモンスターの胃の中におさまっちゃうから、頑張って修行しないとね』

「嘘《うそ》だあああああああああああああああああああああ――っ⁉」

ソフィアの修行でのトラウマが思い出され、ウィリアムは膝立ちになり慟哭《どうこく》していた。

『ふむ、状況は理解したようだな。ならお前に選択肢をやろう。一つ目はこのわたしが施す《修羅》、二つ目はミオが施す《不屈》。わたしのほうは接近戦という面では劣るが実用的な――』

「絶対に《不屈》で」

半ば放心しながらもウィリアムはしっかりと楽そうなほうを選んでいた。

『どうして《修羅》を選ばないんだっ⁉　このわたしが最強になった方法を教えてやると言っているんだぞっ⁉』

「元魔王が施す修行なんてどうせありえない内容なんだから選ぶわけないだろ」

『ほう、かつては魔族の長であったこのわたしを馬鹿《ばか》にするとはいい度胸だなっ！』

「はんっ、手を出すつもりかよ。俺が怪我《けが》でもしたら修行ができなくなるぜ、それでいいのか」

『このわたしが脅迫に屈すると思っているのか』

超絶格好悪いことを決め顔で口にしたウィリアムは、右手に魔力を宿し始めたイリスと対峙《たいじ》する。だが、低次元でヒートアップする二人の睨《にら》み合《あ》いはすぐに終わりを迎えた。

『はいはい、そこまでにしておきなさい。イリスは気になることがあるから今晩から調査に赴くんでしょ。ウィリアムの指導はミオに任せて、今回はそっちに専念したら？』

『ちっ、そうだったな。わたしとしたことがつい熱が入ってしまった。ソフィア、調査結果次第ではお前にも手伝ってもらうからそのつもりでいてくれ』

「なあどこに行くんだよ？」

『秘密だ。お前は自分のことだけ考えていればいい』

そう言ってイリスは部屋を出ていく。

どんな目的があるかは知らないけど、俺には関係のないことだからどうでもいいか。そんなことより修行の件だよな。

『じゃあ今回はわたしの指導を受けるってことでいいかな？』

指導者に選ばれたミオが微笑を浮かべてこちらに手を差し伸べてくる。

「本当なら受けたくないんだからな」

再び地獄を味わいたくないウィリアムは一瞬躊躇《ちゅうちょ》したあとその手を取った。

『ここなら人目につかないからちょうどいいかな』

ミオとともに来たウィリアムの姿は城郭都市の特徴である城壁の外にあった。夜を照らすのは月明かりと城壁の上にある篝火《かがりび》だけだが、身体強化魔術の恩恵で視界ははっきりとしている。

『さて、じゃあ準備するね』

ミオは実体化して虚空《こくう》から刀を取りだした。千年前の技術で鍛造された愛刀であるライキリだ。

「まずはフィアとの修行を通じてどれだけ力をつけたか見せてもらえるかな」

「なにをすればいいんだよ？」

「なんでもいいからキミの好きな魔術でわたしを攻撃してもらっていい？」

「なんでもって言われてもな……」

「どうしたの？」

「好きな魔術なんかないぞ。そもそも魔術になんて興味ないし」

「えーっと、どういうことかな？」

『じつはウィリアムさんにはその……率先してなにかを学ぼうという気概がないんです。命の危機が迫っていることは理解しているのでしぶしぶ学ぼうとはしていますがそれもいつまで保つか。ソフィア様の修行では途中で気力が尽きまして……』

気まずそうなレインの説明を聞いたミオは腹を抱えて笑う。

「あははは、魔術に興味ないなんて面白いことを言うんだね。身の危険が迫っているのにそんなことを言うなんて将来は大物間違いなしかな」

失礼なことを言って逆鱗《げきりん》に触れなかっただけましか、とウィリアムは思う。

ソフィアなら口うるさく注意してきたことだろう。

「ねえレイン、フィアはどうやってウィル君をその気にさせたのか教えてくれる？」

『ええ、それは――』

続く説明を聞き、ミオがにやりと悪戯《いたずら》な笑みを浮かべた。

「なるほど、たしかにやる気を出させるにはご褒美《ほうび》が大事だよね。じゃあ、もしウィル君の一撃がわたしに届いたら膝枕してあげよっか？」

「なっ⁉　い、いきなりなにを言ってるんだあんたっ⁉」

「えー、嫌だった？　キミにやる気を出してもらうために奮発したつもりだったんだけどなー。ならウィル君の一撃がわたしに届くか、これからする修行に合格できたらわたしのおっぱいに触らせてあげよっか」

「えっ⁉」

無節操なご褒美に面食らったウィリアムは驚きが声に出てしまった。

「あははは。その反応、決まりでいいよね。それとも自信がないのかな？」

「そ、その条件で受けてやるよっ⁉　お、俺を侮《あなど》ったことを後悔させてやるからなっ‼」

「うん、男の子はそれくらいムキになっていたほうが格好いいよ。頑張りなよウィル君」

舐《な》められたことに腹を立てたウィリアムは、このふざけた師匠の鼻っ柱を叩《たた》き折ってやる、という一心でミオを見据える。

「それで好きな魔術でいいって話だけど、溜《た》めをしている間は攻撃してこないって前提なのか？」

「うん、邪魔はしないし一切の手加減も不要だよ。わたしとキミの間にある力の差を示すにはこのやり方が一番わかりやすいからね。でも、まさか本気でわたしに一撃入れられるなんて甘いことを考えてないよね」

「はんっ、なに訳のわからないことを言ってるんだ。やる以上は一撃入れるに決まってんだろ」

啖呵《たんか》を切ったウィリアムが溜めの【マジック・アロー】を発現しようとする。すると、なぜかミオが奇声を発して目を丸くする。

「なっ⁉ なにをしているのっ⁉」

「どうしたんだよ、そんなに驚いて？」

「ちょ、ちょっと待ってウィル君、その魔力量は第五階梯《かいてい》魔術相当だよっ⁉ ど、どうしてキミにそんなことができるのっ⁉」

「なんでってソフィアとの修行で覚えたんだよ。あんたらは俺の体で第三階梯魔術まで使ってみせたんだ。なにもおかしいことはないだろ」

「えっ、でもそれはフィアがキミの体を使ったからできたはずでしょ。いくらフィアの修行を経たとしても、魔力に覚醒してから一週間かそこらのキミがその領域に至るのは常識的に考えてありえるはずが――」

「ごちゃごちゃうるさいぜ。こっちはもう完成したからあとはあんたを倒して後悔させるだけだ」

唐突に騒ぎだしたミオにかまわず、ウィリアムは腰溜めの構えから一気に右手を突き出した。

「これでどうだっ‼」

直後、巨大な【マジック・アロー】が放たれ、地面を深く抉《えぐ》りながらミオに迫る。

「うん、見事なものだね」

これまで騒いでいたのが嘘のようにミオは一瞬で真顔になると、手にした刀を巨大な【マジック・アロー】に向けて振るう。すると、あろうことか巨大な【マジック・アロー】が鏃《やじり》から真っ二つに斬り裂かれた。

「う、嘘だろっ⁉　なんで当たったはずなのに爆発しないで消失するんだよっ⁉」

勝利を確信していたウィリアムが絶句する一方、ミオはぱちりとウィンクを決めてくる。

「残念、わたしの時代だとある程度剣術を極めると魔術を斬ることができるようになるんだ」

「そ、それって魔剣技ってやつなんじゃないのかっ⁉」

「ふーん、少しは知っているようだね。でも、念のため補足しておくと魔剣技っていうのは剣技と魔術の合わせ技のことを指すんだ。工夫次第ではいくらでもバリエーションが生まれるけど、いまキミの魔術を斬った一撃は魔剣技じゃなくて単なる斬撃だよ。どう、少しは剣術に興味が持てたかな？」

「いや、持つわけないだろ。でも普通の斬撃でいまの一撃を無力化するなんて、あんたが危険人物ってことはよくわかったよ」

「あははは、そう見えたんだ。キミの感覚は新鮮だね」

そう言ってミオは顔を綻ばせているが、レインにはウィリアムの失言が看過できなかったようだ。

『ウィリアムさん、どうしてあなたはそうなんですかっ⁉　ミオ様が寛大だから許していただいているものの、一歩間違えば逆鱗に触れるところですよっ⁉』

「こ、今度から気を付けるってっ⁉」

ぎりっとレインから睨《ね》めつけられ、ウィリアムはこの場限りで自粛を約束する。

「じゃあウィル君の力量もわかったことだし修行に関する説明を始めるよ。まずはどうしてわたしが単なる斬撃で魔術を斬ることができたかというと、脳のリミッターを外すことで人族の限界を突破しているからなんだ」

さらっととんでもないことを言い出したぞ、とウィリアムの顔が青くなる。

「脳のリミッターっていうのは、人族に生まれながら備わっている一定以上の力を出せなくなる仕組みのことだよ。人族は窮地に陥ると脳のリミッターが外れて普段は出せない力を発揮できることがあるんだ」

ここまではわかる。

「たとえば千年前では、モンスターに襲われたときや自然災害に苛《さいな》まれたとき、家族や友人を守るために普段以上の力を発揮できる人がいたんだ。他には目に映るもの全てがゆっくりと見えたり、走馬灯が見えたりとかね」

「走馬灯？」

「これまでの人生で思い出深かったことを振り返る時間が存在するっていう意味だよ。つまり体感時間が異常なまでに引き延ばされているってことだね。ここまでの話を纏《まと》めると、危機的な状況に身を置くことで発揮される、人間の潜在能力の限界を故意に引き出すことを脳のリミッターを外すって呼んでいるの」

ここまでもわからなくはない。

「そこでわたしが編み出したのが、失敗したら死ぬような危機的な状況――言うなれば極限の状況下でひたすら剣術の修練をすることで一気に強くなる《不屈》っていう修行なんだ。極限の状況が生み出す、一歩間違えば死ぬという緊張感が通常の修練の効果を何倍にも高めてくれるの。剣術は接近戦対策も兼ねているから安心してね。最終的に脳のリミッターを自分の意思で外せるようになれば合格だよ」

これはわからない。というか——、

「おかしすぎるだろおおおおおお————っっっ⁉ 失敗したら死ぬ状況で修行するとか何考えているんだよっ⁉ 死んだら元も子もないんだぞっ⁉」

「あははは、誤解させちゃったかな。極限の状況に追い詰めるけど、実際に死ぬような真似《ま》《ね》はしないから安心していいよ」

安心……していいものなのか？

「実戦で役立つ剣術を習得するには年単位の時間が必要だよね、これはフィアの【聖域《ホーリー・》不滅結界《サンクチュアリ》】を駆使したところで補える性質のものじゃない。ずっと素人《しろうと》だったキミが安全な環境で普通に足掻《あが》いても差は埋まらないんだ。けど、生死のかかった極限の状況では流れる時間の密度が圧倒的に違う。実戦の一日が訓練の一週間に相当するように、極限での修行は普段の修練の何倍にも匹敵するんだ。だから一瞬の判断を間違えたら死に直結するという状況で修行すればきっとキミは今よりずっと強くなれるよ」

こいつ、なんでこんなとんでもないことを饒舌《じょうぜつ》に語れるんだっ⁉

ミオのことを同じ人族と考えていたウィリアムはこの時点で認識をあらため、千年前のありえない英霊という種族に修正する。

「まあ、とりあえず納得しておいてやるよ。本当に死ぬわけじゃないし、合理的なのはわかったからな」

「理解してもらえたようでなによりだね。ならまずは最低限の剣術を習得してもらうよ。それができたら《不屈》の修行を始めるからね。じゃあ早速だけど剣を構えてくれるかな」

「いや、俺の騎士剣はセシリーと戦ったときイリスが壊したからないけど」

「なるほど、それ以来補充してなかったか。ならわたしの予備をキミにあげるよ。さてとどれがいいかな」

苦笑いを浮かべたミオが突如現れた虚空《こくう》の切れ目に手を突っ込んだ。肘から先が消えてなにかを探っているような仕草のあと、ミオが取り出した一振りの黒い騎士剣を託される。

「はい、今日からこれを使って。銘はアウロラ、千年前の技術水準で作られていてそう簡単には壊れないから安心してね。剣帯がなくても一度キミの魔力を登録すればキミの固有魔力波に反応していつでも虚空から出し入れできるようになるよ」

ずいぶんと便利な技術があるんだな。

実際に試してみると、虚空を黒い騎士剣が出入りした。

「じゃあ今度こそ構えてもらえるかな」

ウィリアムは少し躊躇《ちゅうちょ》したあと騎士剣を中段に構えた。

てっきりミオから散々扱《こ》き下ろされると初心者のウィリアムは考えていたが、

「えっ、隙が……ないっ⁉　それどころか、体中に一切余計な力を込めずに全身に気を張り巡らせた、いつでもすぐに動ける理想のような自然体っ⁉　そ、それにこの構えはっ⁉　い、いや、こんなことがあるわけが——」

ひとりで驚くミオ。そんな彼女を見て、ウィリアムは尋ねる。

「なあ次はどうすればいいんだ？」

「え、えーっと、そ、そうだった。わたしの言う通り剣を振ってくれるかな？」

ウィリアムが指示通りに騎士剣を振るう都度、ミオはあからさまに目を瞠《みは》っていく。

「か、構えだけじゃないっ⁉　ま、まさか剣術の型までっ⁉　い、いや、構えや型ができても実際に通用するとは……。で、でもこれはあまりにできすぎているっ⁉」

ごくっと固唾を呑《の》んだあとミオが尋ねてくる。

「ね、ねえキミはどこかで剣の道を学ぼうとしたことがあったのかな？」

「あるわけないだろ、ずぶの素人相手にいったいなにを言ってるんだよ」

「じゃ、じゃあどこでその剣捌《さば》きを覚えたの？　さっきの構えといい、いまウィル君が使

っているのはわたしと同じ動きだよね？」

「まあな。でも、あんたの動きを真似てるんだから同じなのは当然だろ」

「えっ、それってどういうこと？」

「だから、あんたが俺の体に憑依《ひょうい》したときこういう風に俺の体を動かしてみせただろ。それを再現しただけだって」

するとミオが、な、なにを言っているのこの子はっ⁉　とでも言いたげな絶句した表情を浮かべたあと、半信半疑の調子で尋ねてくる。

「な、ならもしかして身体強化魔術なしでの受け流しも使えたりとかするの？　あははは、まさかそんなわけないよね？」

「いや、できるんじゃないか。打ってきてくれよ、大体こんな感じだろ」

当時の感覚を思い出しながら、ウィリアムはミオの斬撃を何度か受け流してやる。すると、なぜかミオが血相を変えて叫んだ。

「ちょ、ちょっと待ってっ⁉　構えや型の確認ならまだしも、いきなりの実践で術理を体現するなんて、素人がちょっとやそっとで習得できることなんかじゃないよっ⁉　キ、キミはいったい何者なのっ⁉」

ど、どうしてウィル君にこんなことができるのっ⁉　わたしですら初めてではこんなに上手《うま》く行かなかったのにっ⁉

あまりにも突拍子のない出来事を前に、ミオは完全に我を忘れてしまっていた。

「なんだよ、もしかして使えたらすごいのか？」

「すごいなんてものじゃない。ウィル君、キミはもしかしたら天才――えっ⁉」

ミオがなにか言いかけたとき、控えていたレインがいきなりミオとウィリアムの間に遮音結界を展開した。

「な、なにをするのレインっ⁉」

『ミオ様、ウィリアムさんに気づかせてはいけません』

どうしたんだ？　と顔をしかめるウィリアムの傍《そば》で、ミオはレインと秘密の相談をする。

「ど、どういうことっ⁉　ウィル君は素人のはずだよねっ⁉」

『素人であることに間違いはありません。ですがウィリアムさんはわたしたちの時代基準での天才に当たる人物のようです。じつはソフィア様との指導においてその片鱗《へんりん》を示していました』

「えっ⁉　ど、どうしてそんな大事なことを説明してくれなかったのっ⁉」

『こればかりはいくらわたしが説明したところで、その目で見るまでは信じられないと思いまして』

「そ、それは……」

『ミオ様、慎重にご判断されたほうがよろしいと思います。断っておきますがウィリアムさんは人としてまだ未熟です。自分にどれほどの力が眠っているかまるで理解しておりません。もしウィリアムさんが自分にとてつもない才能があると理解したら、テキトーにこなして修行をサボりかねません』

「そういうことか。心してかかる必要があるってことだね」

『ええ、ソフィア様は指導者としての力量が試されるとおっしゃっていました』

情報を整理するためにミオはゆっくりと息を吐く。

目の前にいるのはただの素人じゃなくて、超越の指輪に選ばれし者ってことか。なら常人向けの指導なんて時間の無駄、一気に段階を引き上げていいみたいだね。

「おい、次はどうするんだよ？　剣術の基礎を教えてくれるんじゃないのか？」

「予定変更だよ。早速《不屈》の修行を始めよう」

「えっ、基礎はいいのかよ？」

ウィリアムの問いには答えず、ミオは具体的な説明を始める。

「これからわたしがキミを危機的な状況に追い詰める。もちろん手加減をするけど、全力で抗《あらが》わないと大変なことになるから覚悟してね」

そう口にしてウィリアムの動きを確かめるために、ミオは軽く跳躍しながらライキリで斬りかかる。

「なっ⁉」

迫るミオから害意を感じとったようにウィリアムは咄嗟《とっさ》に飛び退《と の》いた。空振りしたミオの斬撃がどういうわけか地面を吹き飛ばし、爆《は》ぜた土がウィリアムのほうまで飛んでいく。

うん、反応は悪くないようだね。

「お、おい、いまのは当たり所が悪ければ普通に死んでたぞっ⁉」

文句を言いながらもすぐに騎士剣を構えるウィリアムを見て、ミオは不敵な笑みを浮かべる。

「殺しはしないよ、でもひとつ残念なお報《しら》せがあるんだ」

微《かす》かに微笑《ほほえ》んだミオがウィリアムに斬りかかる。流れるようなミオの斬撃の数々に、ウィリアムは常に守勢に回り退いていく。

「キミは剣術の才能が特にないようだから、わたしがさっき教えた内容で修行していてもこれまで真面目に修練してきた周りの学園生たちにはなかなか追いつけそうにないんだ。

だから修行期間が大分長くなると思ってちょうだい」

続けてミオは一見歩くようにして間合いを詰める。しかし実態としては足に集めた魔力を纏《まと》めて身体強化魔術に昇華したものだ。その結果、千年前に東方の秘技として恐れられた歩法――縮地《しゅくち》が発現。歩くようにして一瞬で間合いを詰めた。

「なっ⁉」

突如間合いを詰められて驚くウィリアムに、ミオは容赦なく連撃を仕掛ける。何度か刀を振るい、ウィリアムが大きく体勢を崩した直後、ミオは刀で強く斬り上げる。これまでミオの動きにぎりぎりで対応できていたウィリアムは騎士剣を持つ腕ごと上に突き上げられ大きく仰《の》け反《ぞ》った。

「この修行を受けている間、常に死を意識してもらうことになるけど不屈の心で頑張ってね」

そう言って浮かべる可愛《かわい》らしい笑みとは裏腹にミオの指導には一切手加減がなかった。

空いたウィリアムの胴に、ミオは強烈な殺気とともに斬撃を放った。その一撃はまさに神業と呼ぶべきもので、ウィリアムの胴に皮一枚残して届かないものだ。つまるところ空振りに終わったのでウィリアムは無傷。しかし、斬撃とともに放った殺気はウィリアムにあらぬものを見せていた。

「死神が見えたようだね。いまキミは一度死んだよ」

ミオの視線の先には、まるで死人のような顔色をしているウィリアムがいる。

「でも、まだまだ死に足りないようだね。最弱兵器のキミがこの修行をクリアするには人族の限界を突破するしかないよ」

強烈な殺気を刃と勘違いさせるという剣術の極みを駆使してミオはウィリアムを極限の状況に追い詰めていく。するとウィリアムが退くのをやめて、逆にこちらに斬り込んできた。

「先制すればわたしに勝てるとでも考えたのかな」

数度の斬撃を体捌きだけで軽々と躱《かわ》し、ミオは颯爽《さっそう》と後方に跳躍して間合いを取る。

さぁ、単調な攻撃で倒せるほどわたしは甘くないよ。どう来るウィル君？

すると、ウィリアムが正面からゆっくりと歩くようにして間合いを詰めてくる。

また真っ向から突っ込んでくるだけか。死の恐怖のせいでウィル君は混乱しているのかな。でも、そんな甘い手は通じないよ。

ミオはウィリアムの騎士剣を弾《はじ》き飛ばしてやろうと身構えた。その直後のことだ、ミオが大きく目を瞠ることになったのは。

「なっ⁉」

我慢しきれず驚きの声を上げたミオの視線の先には、歩くようにして一気に間合いを詰めてきたウィリアムの姿があった。間合いを詰める距離が頭ひとつ分届かず、詰める速度はミオがその気になれば十分に見切れるほど。しかし、ウィリアムが発現したそれは紛《まが》うことなき東方の秘技である縮地だった。

「…………っ⁉　そんなに甘くはないよっ⁉」

咄嗟に身を屈《かが》めて斬撃を躱すと同時に、腰を軽く捻《ひね》り慣性の効いた左足でウィリアムを蹴り飛ばすミオ。懐《ふところ》に入りこまれてしまったため、ウィリアムの騎士剣を弾き飛ばすどころか避けるのに必死でつい手加減を忘れて本気の蹴りを浴びせてしまった始末だ。

「ちっ、もう少しで届きそうだったのに……」

どうにか起き上がるウィリアムを前に、珍しく頬に脂汗を浮かべたミオは、驚愕《きょうがく》の表情を押し隠す。

た、たった一度見ただけでわたしの縮地を盗んだっ⁉　これが……天才っ⁉

ミオとの修行翌日、学園の教室にて。

「くそっ、学園が唯一の安息の場になるなんて、俺はどこで人生を踏み外したんだ」

着席しているウィリアムは頭を抱えていた。周りの学園生たちが爽やかな朝の挨拶を交わす中、一人だけやつれた表情を浮かべている。

『生まれたときからだと思います。普段からもっと真面目に鍛錬に励んでおけばよかったですね』

レインから皮肉を言われたが、疲労のあまり言葉を返す気も起きない。夜は必ず《不屈》の修行をすることを条件に、ウィリアムは学園に登校することを許されていた。しかし昨晩の臨死体験の記憶が何度もフラッシュバックしてきて、ウィリアムを憂鬱にさせていた。

昨晩だけでウィリアムは何度死んだか覚えていない。いや、実際死んだわけではないが、ミオが放つ殺気で生み出した斬撃により斬り殺されたという実感がある。技巧の極致すぎていまでもわけがわからないが、やはり死んだという表現で間違いはない。

痛烈な修行の中ウィリアムが悟ったのは、今日は学園から外に出たくないこと、そして修行を絶対にやりたくないということだ。

「はいこれ。ベルクート先生に頼まれて、東部遠征の資料を持ってきたわよ」

配布資料を持ってきたセシリーが、土気色の顔で目の下に大きく隈《くま》を作ったウィリアムを見て不思議がる。

「まるで死人みたいだけど、どうして怠惰なあなたが疲れているの？」

「こっちはこっちで色々と事情があるんだよ」

セシリーから受け取った資料に目を通そうとしたが、疲労のあまり内容がさっぱり頭に入ってこなかった。

「ふーん、なんだか頑張っているみたいね」

「なにをだよ？」

ウィリアムが尋ねるも、言わなくてもあなた自身がわかっているでしょう、とでもいうかのようにセシリーには軽く流された。

「レオナルト殿下からの指摘によって、あなたになにか心境の変化があったって考えていいのかしら」

「あいつになにか言われたっけ？」

そうつぶやきウィリアムはふと階段教室での一件を思い出す。ミオの修行の件で頭が一杯で失念していた。

「呆《あき》れた、忘れてたの？」

「こいつが真の実力を出せばレオナルト殿下なんて一瞬で倒せる相手だからじゃねえか。格下の言葉なんていちいち気にする必要がないんだろうよ」

いつの間にか傍にいたゼスがかなり得意げに的外れなことを言ってきた。

「言い方はあれだけど一理あるわね。だとすれば東部にいるモンスターを警戒しているの？」

「げっ、東部のモンスターっていうのはお前が警戒しないといけないほどやばいのか？」

またこの流れかよ、とウィリアムが呆れているとレインから釘《くぎ》を刺される。

『立派な評価をもらっているようですが、ご自分がまだ未熟だということを忘れてはいけませんよ。周りが勝手に過大評価しているだけですから』

「そんなことはミオとの修行で疲れきってる俺が十分にわかってるよ。むしろ誰のせいで俺がこんなによいしょされる羽目になったと思っているんだ。もとはといえばお前らが原因なんだからな」

「どこに向かってなんの話をしているの？　まさか怪しい薬でもやっているんじゃないでしょうね？」

「ち、違うっ⁉　ああもう、言い訳するのも面倒臭くなってきた」

ウィリアムは深い溜《た》め息《いき》をつき、

「あのなあ、お前ら自分が言っていることがおかしいとは考えないのか。東部のモンスターの動向なんてことを、最弱兵器の俺が気にかけると本気で思っているのかよ」

「なるほど、あなたほどの力の持ち主だと東部のモンスターなんて眼中になくなるのね」

「ならもっと大きな視野に立って考えてたってことだろ。となると東部のモンスターが活動的になった原因を探るっていう意味か」

そんな高尚なことをなんで俺が考える話になるんだ？

理解に苦しんだウィリアムが呆れたように口にする。

「なんでそうなるんだよ、俺如《ごと》きの力でそんな難しいこと考えるわけないだろ。そもそも俺はモンスター一体を倒せるかどうかさえ怪しいんだからな」


お昼頃、ウィリアムの部屋にて。

閉ざされた窓を一羽《わ》の蝙蝠《こうもり》が突《つつ》いている。気づいたソフィアが窓を開けると、蝙蝠は溶けるように消え去り、やがてソフィアが難しい顔をした。

『どうかしたの？』

『たったいまイリスから連絡が来たわ、どうやら当たりだったようよ。詳しく調査をしたいからあたしの協力が必要みたいね』

『わかっていたことだけど都合よく滅んでいてはくれなかったってことだね。気をつけなよ、わたしもいま自分にできることに全力を尽くすから』

『へえー、その様子だとあんたも指導者としての力量が問われることは理解したようね』

『念のため確認しておきたいんだけど――』

『あたしから見てウィリアムは魔導の申し子といっても過言じゃなかったわ。もちろんこの時代の基準ではなく、あたしたちの時代基準での話よ。それであんたから見てどうだったの？』

『正直言って……普通じゃなさすぎるね。わたし以上の才能の持ち主だって一目見て確信させられたよ』

ミオの口から零《こぼ》れたのはウィリアムへの賞賛だ。

『人族がすぐに力を付けるには脳のリミッターを外すのが一番なんだ。だからわたしは昨日のうちにウィル君の限界を見定めて一方的に極限状態に追い込むつもりだった。でもわたしが追い詰めたと思った都度、ウィル君が目を瞠《みは》るような反撃をしてきたんだよ。信じられる？　ウィル君は初見でわたしの縮地を理解して再現してみせたんだ』

『ふーん、それはすごいわね』

『うん。だから彼はわたしのお気に入りなんだ。フィアも知っての通り、わたしはこれまで剣聖という立場上多くの魔導士を見てきた。もちろん若輩の身であることは承知しているから弟子は取らなかったけど、指導を乞《こ》われればちゃんと教えて来たよ。そしてわたしと関わった人たちの中には、わたしより優れた才能を持つ者や世に言う天賦の才を授かった人も少なからずいたと思う』

魔導全盛期だった千年前の時代を振り返り、ミオは結論づける。

『でも、その誰もがウィル君の足元にも及ばないよ。彼はいったい何者なんだろうね』

『やっぱりそっちでもウィリアムの才能の底は見えなかったのね』

才能の底という言葉にミオは深く頷《うなず》いた。

千年前は、天才は天才を知る、という諺《ことわざ》が生まれたほど才能に溢《あふ》れた時代だった。天才同士ならお互いのできることを理解し合えるという意味だ。しかし、剣聖といわれたミオですらウィリアムの底が計り知れない。

『それでもあんたほどの腕なら一日もあればウィリアムの脳のリミッターを外すことぐらいはできたはずよ。どうしてすぐに外さなかったの？』

『簡単なことだよ、ウィル君がどこまで辿《たど》り着《つ》けるのか知りたくなったんだ。昨晩極限の状態に追い詰め続けたことでウィル君は一気に成長できた。なら敢《あ》えて脳のリミッターを外さずに常に極限の状態を維持してわたしと戦い続ければどうなると思う？』

『どうって……ウィリアムの精神が崩壊するんじゃないの？』

『あははは。まさか、そんなにやわじゃないよ。失敗したらモンスターに殺されるかもしれないっていう罰だけじゃ動機付けに繋《つな》がらないから、脳のリミッターを外せたらわたしのおっぱいに触らせてあげるっていうご褒美《ほうび》も用意したしね』

『なっ⁉　あ、あんたっ⁉　しょ、正気っ⁉』

『うん、もちろん。それにレインから聞いたよ、フィアも似たようなことしたんでしょ？』

『な、なんの話よそれっ⁉　か、勘違いしないでよねっ⁉　あ、あたしはあんなやつのことなんてなんとも思ってないんだからっ⁉』

『ふふっ、まあいいや、聞かないでおいてあげる。でも、それぐらいウィル君はわたしのお気に入りだってことを覚えておいてね』

何か言いたそうなソフィアを見て、ミオはあらかじめ宣言しておく。

『だからといって指導者としては決して手は抜かないから安心してね。ウィル君の脳のリミッターが外れるときは、現代最強の魔導士が大きな躍進を遂げる瞬間になることを保証するよ』

「なあいつまでこの模擬戦を続けるんだよ？」

《不屈》の修行を始めて数日が経《た》った頃、どこか困ったようにウィリアムが尋ねる。

「どういうこと？　ここ最近は死を体験する機会も少なくなってきたし何か問題でもあるの？　それとももしかしてわたしのことを嫌いになっちゃったかな？」

からかってくるミオに対してウィリアムは呆れ顔《がお》で、

「そうじゃなくて明日から東部遠征なんだよ。そろそろ脳のリミッターを外せないとまずいだろ。このままいつもと同じことの繰り返しでいいのかよ？」

「あっ、そうだった。ウィル君がかわいすぎてつい忘れちゃってた」

てへっと舌を出して笑ってミオがよくわからないことを口にした。

「どういう意味だよ？」

「ううん、こっちの話だよ」

こほん、とわざとらしく咳払《せきばら》いするミオの態度が気になりはしたが、ウィリアムはすぐに修行の件に思考を切り替えた。

「じつはここ最近キミの成長に合わせてわたしもちょっとずつ実力を上げていたんだけど気づいていたかな？」

「まあ、修行初日と比べてミオの動きが違っていることぐらいはな。俺も少しは強くなっているって考えていいんだよな」

『ウィリアムさん、剣聖でいらっしゃるミオ様を呼び捨てにするなどあってはならないことです。せめてミオさんと呼んでください』

「たしかにミオが並外れた実力者であることは認めるけどさ、そもそも俺はイリスたちに騙《だま》される形で修行させられている立場なんだぞ。それでどうやって尊敬しろっていうんだよ」

『た、たしかにそれはそうですが……。ですが失礼な言い方はよくありません』

「かまわないよレイン。わたしは威勢のいい子は嫌いじゃないんだ。それに、今日は普段よりもちょっと厳しめの内容にするから、元気があるうちに言いたいことは言わせてあげないとね」

「な、なあ『ちょっと』って俺基準での『ちょっと』のことだよなっ⁉　えっ、な、なんだよその笑顔っ⁉　お、おいっ⁉　『ちょっと厳しめ』ってどういうことだよっ⁉」

問いに答えることなく微笑を浮かべるミオを前に、生意気さが一瞬で吹き飛んだウィリアムは恐怖に顔を引《ひ》き攣《つ》らせた。

「なぜウィル君が脳のリミッターを外せなかったか説明するね。これはわたしの推測なんだけど、極限の状況下でのウィル君の成長速度がわたしの見立てをほんの少し上回り続けていたせいだと思うんだ。キミの成長に合わせてわたしがちょっとずつ実力を上げていったことが逆効果だったかも」

推測にしてはやたらと明快な説明なのだが、ミオ基準でのちょっと厳しめという言葉に気が気でないウィリアムは違和感に気づけなかった。

「じゃ、じゃあ次はどうするんだよ？」

「少しやり方を変えようと思うんだ。一口に極限の状況って言っても色々あるでしょ。これまでのように格上の相手に追い詰められて一手間違えば死んでしまうような状況もあれば、まだキミが経験したことのない、対峙《たいじ》しただけで呼吸もできなくなるような超常の存在と相対する状況というのも極限の状況のひとつだよね」

「ちょ、超常の存在っ⁉ そんな都合のいい相手がどこに——」

いるんだ、と言いかけて、ウィリアムの目がミオに釘付《くぎづ》けになる。

「ま、まさかっ⁉ じょ、冗談だよなっ⁉」

「残念だけどご明察だよ。だから今日はわたしが手加減をやめるね」

その直後、辺り一帯の空気が鉛のように重くなった。

「なっ⁉」

まるで重力魔術の影響でも受けたかのようにウィリアムはその場にくずおれた。呼吸が苦しい。早鐘のように鼓動し始めた心臓を手で押さえたあと、四《よ》つん這《ば》いの姿勢でウィリアムは顔だけを上げる。そんな彼の瞳には、いままで見たことがないものが映っていた。それはミオを中心に放たれている圧倒的なまでの重圧だ。それこそ剣気や限りなく純粋で透明な狂気とでもいうべきものが、あろうことかウィリアムの瞳には映っているのだ。

くそっ⁉　な、なんなんだよこれはっ⁉

視覚化するほど濃密なそれが重圧となってウィリアムに襲いかかっている。それは普段となんら変わらぬ佇《たたず》まいであるミオから発せられており、そんなミオと目が合った瞬間にウィリアムは魂を抜きとられるという戦慄を覚えた。

こ、これが千年前の英霊の真の実力なのかっ⁉

存在としての格が違い過ぎて、目の前に立つことすらも許されない。先ほど自分が普通に口を利《き》けていたのは神の気まぐれのようなものだった、とウィリアムは痛感させられた。

「一応呼吸ができるようになるまでは待つつもりだよ。でも時間がかかるようであれば――」

ウィリアムは自らの手を右の太ももに当て【マジック・アロー】を弱く発現。とんでもない激痛に顔を歪《ゆが》めたあとどうにか起き上がり、皮肉を言う余裕もなくそのまま騎士剣を構える。

「ふーん、痛みで恐怖を掻《か》き消《け》したんだ。悪くない判断だね」

右の太ももから軽く血が流れているが戦いに支障はない。そんなことより目の前の怪物との戦いに全神経を注《そそ》ぎ込む。そうしなければ死ぬと悟らされていた。

「今日はこの状態で一気にキミを追い詰めるよ。当たれば死ぬような魔剣技を使うから覚悟しておいてね」

「なっ⁉　し、死んだら元《もと》も子もないだろうがっ⁉」

「うん、だから全力で挑んでおいで。もう剣術の感覚は大分摑《つか》んでるでしょ。じゃあ始めるよ」

「お、おい、ま、待てって。まだ準備は――」

話の途中だったが視界からミオの姿が消えた。もとより話し合いなどといった時間稼ぎには応じないだろうな、と理解していたウィリアムは即座に身構えたが、これまでとは打って変わった閃光《せんこう》のようなミオの縮地によってあっさりと懐《ふところ》に入られてしまった。

くっ、想定以上に動きが速いっ⁉

僅かに映るミオの姿からウィリアムは薙《な》ぎ払《はら》いがくると察しをつけた。

横一文字の軌跡を描くその斬撃は攻撃範囲が広い分、比較的軽い斬撃に分類される。しかもミオの得物は騎士剣よりもずっと軽い刀だからこそウィリアムは騎士剣で受けられると考えた。だが、それは誤りだった。

「なっ！」

刀による斬撃を受け止めきれず、ウィリアムは壮絶な勢いで後ろに弾《はじ》き飛《と》ばされ、城壁に叩《たた》きつけられた。

「がはっ⁉」

ウィリアムが口から血を吐いていると、ミオは先ほどの一撃について説明してくる。

「本来であればこれは剛撃を得意とする重剣の一撃であるべきなんだ。わたしが手にしているのは刀なのにどうしてこれほどの威力を出せるのかわかるかな？」

「そんなもの一度見ればわかるだろ」

守勢に回っては死ぬ。そう直感したウィリアムは起き上がるや否《いな》や仕掛ける。

縮地でミオの正面に迫った後、完全に見切られていると理解していたウィリアムはさらに二度の縮地を重ねミオの背後に回り込む。そして魔力を駆使して一気に身体強化した騎士剣でミオを斬りつけた。

「剣も身体《しんたい》の一部と捉えて魔力で重さや速度を加減してるってことだろうが」

「正解だよ。でも――ふんっ！」

ウィリアムが全力で放った斬撃を、ミオは振り向くことなく後ろで構えた刀で受け止め、あろうことかそのままウィリアムを再度吹き飛ばした。

くそっ、格が違いすぎるっ!?

全身の激痛を堪《こら》えてウィリアムが再度起き上がったときには、ミオはすでに濃密な魔力を宿す刀を構えていた。

「さあ次は本気の魔剣技だよ。避けてよウィル君、受けようとすれば死ぬからね」

まずいと思った瞬間、ウィリアムは咄嗟《とっさ》に横っ飛びした。その直後、ミオの刀から生み出された強烈な真空波がウィリアムのいた空間を抉《えぐ》り取《と》っていった。背後に位置した樹々《きぎ》が斬り飛ばされている。到底刀で引き起こせる現象には見えなかったが、実際に起こってしまったからには認めるほかない。

あ、あんなものを喰《く》らったらひとたまりもないぞっ!?

「これでわかったと思うけど、単にわたしの剣術を模倣しているだけじゃもうキミにできることはないよ。剣術の習得はいいから、わたしと同じ次元に立つことを考えてごらん」

どうやら先ほどの現象は脳のリミッターを外すことで生み出していたようだ。

「ちっ!?」

悪態をつくウィリアムの瞳には、さらなる攻撃のために中段の構えをとるミオの姿があった。

「この一撃を喰《く》らったらキミは間違いなく死ぬよ。もしここで倒れることになっても、それはキミがその程度の才能の持ち主だっただけの話だよね」

　手にした刀に宿っていく魔力がまるで妖気のように立ち上がっていく。手加減なしの攻撃が来るのはすぐにわかった。

　落ち着け。脳のリミッターを外すっていうのはおそらくあのときの感覚だ。

　実技試験でセシリーの【フィアース・ピアシング】を防いだとき、ミオは身体強化なしで強烈な衝撃波を生み出していた。あのときの感覚をここで再現する必要がある。

　目を閉じ、視覚的な情報を完全にシャットアウトする。目的を果たすために必要なのはあの日のイメージであり、それ以外の情報は一切不要なものだ。その後深く呼吸して自分の意識を落とし込んでいく。深く深く、自分の意識を、あのときの感覚に同化させる。

「目を閉じて観念したからといって手を休めたりはしないよ。ここで修行を諦めるようなら弟子不適格としてわたしが引導を渡すよ」

　ミオの言葉などウィリアムの耳には入っていなかった。

　思い出せ、あの感覚を！

　摑み取れ、あいつのイメージを！

　この体で発現されたことなら、才能のない俺にだってきっとできるはずだっ！

「これで終わりだよ」

ミオが振り抜いた刀から放たれるのは防御を粉砕するほど強力な謎の斬撃。おそらくは魔剣技であろうそれが強烈な真空波となってウィリアムに襲い来る。

対するウィリアムも一つの答えを手にしていた。

「させるかっ⁉」

逃げずに立ち向かうと決めた瞬間、ウィリアムの瞳に映る世界がスローモーションのようにゆっくり映る。先ほどはまったく見えなかったミオの魔剣技が合計で八つの飛ぶ斬撃で構成されていることが見えた。

しかし、いまの実力では四つの迎撃が限界。だからこそウィリアムは手数《てかず》での対応を早々に諦め、全身から溢《あふ》れ出《で》る魔力の全てを、一切余すことなく騎士剣に纏《まと》わせて想像を絶するほどの重さのある一撃で斬りかかる。

「うおおおおおおおおお――っ⁉　これでどうだあああああああ――っ⁉」

それは剛剣一閃《いっせん》とでも呼ぶべき強烈な一撃だった。ミオの放った一撃を突風とするなら、ウィリアムの放った一撃は暴風だ。突風如《ごと》きで暴風が勢いを失うことなく、その一撃はミオのすぐ脇を容赦なく吹き抜けていく。

その後に残されたのは、龍爪にでも抉り取られたかのような生々しい傷跡を残す大地と、その端にぽつんと立ち光を失った刀を手にして満足そうにするミオだ。

「よく頑張ったねウィル君。いまキミは間違いなく人族の限界を突破することに成功したよ。これでモンスター相手にも善戦することができるね」

「ぜ、絶対にもうあんたの修行は受けないからなっ！」

脳のリミッターを外したウィリアムが前のめりに倒れた。力を使い果たしたのは明らかで、縮地で間合いを詰めたミオは正面から抱きかかえようとする。しかし、ここで予想外のことが起こった。

「えっ⁉」

なぜか小石に躓《つまず》き体勢を崩したミオは倒れるウィリアムを支えきれず、ウィリアムのクッションになる形でその場に転んだ。するとどうしたことか、倒れたウィリアムの手がミオの胸に当たっていることに気づき、驚き赤面したミオが難しい顔でつぶやく。

「うーん、これはご褒美《ほうび》に数えていいのかなー」

三日後、馬車の中にて。

「なんでお前がそんなことを知ってるんだよ？」

セシリーやゼスとともに馬車に乗っていた際、ゼスからここ最近寮にいなかった理由を訊《たず》ねられたウィリアムは不思議そうに訊《き》き返していた。

東部鎮圧のために増派された王国軍兵士とともに学園生たちが何台もの馬車で車列をなし、東部に向かい始めて三日目の出来事だ。

「お前に取り次ぎを頼まれたときに気づいたんだよ」

「そんなもの誰に頼まれたんだ？」

「わたしがあなたと再戦したくて訪ねたのよ」

するとウィリアムは嫌なものを見た顔をする。

「お前、弱い者いじめをして楽しいのか？」

「どうしてそうなるの？」

「俺のほうが弱いからに決まってるだろ、俺は最弱兵器なんだぞ。お前に勝てたのはまぐれなんだよ、ま　ぐ　れ」

『どうやらよく理解しているようですね』

『偉いぞウィル君』

傍《かたわ》らにいるレインとミオがうんうんと頷《うなず》いている。

暫《しばら》くの間ウィリアムは東部で活動するため、移動を兼ねてミオも同道していた。

「ふーん、それはどうかしらね。あなたのここ最近の言動は最弱兵器とは違うようだけれど」

「そ、それは……複雑な事情があるんだよ」

「もしかして約束が関係しているのかしら？」

　虚を衝《つ》かれたようにウィリアムは真顔になった。

『約束とはなんのことですか？』

（お前には関係ないことだ）

「なあ約束ってなんのことだよ？」

「お、おいっ⁉　説明する必要は——」

　レインとやりとりした直後にゼスが尋ねたため、ウィリアムの反応が遅れる。するとセシリーが嬉々《きき》として説明しだした。

「幼少の頃にわたしが王都にある魔導士団に特別召集されることになったときに約束してくれたのよ。もしわたしがどうしようもなくなるときがあったら世界で一番強い魔導士になったウィルが助けに来てくれるって」

『ふふっ、ウィリアムさんも男の子だったんですね』

「なら、こいつが学園に居続けたのはそういう事情があったからなのか。貴族の義務とはいえ、怠惰なこいつなら学園を辞める手段なんていくらでもあったはずだからな」

一同の注目が集まる中、ウィリアムはこめかみのあたりを掻《か》いた。

「お、覚えてねえなあ」

「えっ、覚えてないの？」

「おいおい、すっとぼけるなよ。そういやお前って入学当初はいまと違って真面目《まじめ》に――」

「が、学園にいたほうが楽をできると思ったからに決まってるだろ。や、約束がなんだか覚えてないけどそんなのは関係ねえよ」

「本当に覚えてないの？」

「ほ、本当だってっ⁉ お、俺の性格でそんな大昔のことを覚えてるわけがないだろっ⁉」

焦《あせ》ってそう口にしたあと、ウィリアムはじっと見つめてくるレインに気づいた。

『本当は覚えているんじゃないですか？』

（お、お前までなんなんだよっ⁉）

『ウィリアムさんが本当に怠惰なら隠遁《いんとん》生活を送ればいいだけだったはずです。ご実家は貴族なのですから、追放する際にそれなりの金銭を与えられないわけがありません。ですがあなたは学園に通う道を選んだ。その理由こそが約束だったのではないのですか』

レインの鋭い推測に、ウィリアムは目を泳がせる。

『だとすればあなたが学園で落ちぶれた理由も想像がつきます。当時のあなたはなにをしてもダメだったことでしょう。ですが、運命に抗《あらが》おうとする者をわたしは決して笑いませんね』

（お、覚えてないって言ってるだろ。な、なにわけのわからないことを言ってるんだよ）

不意に心の内に踏み込まれ、ウィリアムはしどろもどろに言い訳する。

「こ、こほん。な、なにか勘違いしているようだけど、俺はそんな大それた人間じゃなくて――」

怠け者として弁明を図ろうとした矢先、不意に馬の嘶《いなな》きが聞こえて馬車が止まった。

「なっ⁉　なにが起こったんだっ⁉」

「警笛《けいてき》が鳴っているわ。モンスターと遭遇したみたいね」

ウィリアムたちが急いで馬車から降りると、慌てる学園生たちをレオナルトが指揮しているところだった。

「戦える者は全員武装して前に並べ。戦えぬ者は後ろへ避難しろ」

「いくわよウィル」

「あ、ああ。そうだな」

ウィリアムが後ろに向かおうとすると、不意に手を引っ張られる。不思議に思って振り向くと、そこにはむすっとした顔のセシリーがいた。

「どこに行くのよ？」

「後ろに決まってんだろ」

「ばか」

(なんで俺は怒られたんだ？)

『…………』

レインに尋ねたが返事はなかった。

「そういえばあなた、剣はどうしたの？　まさか持ってきてないなんて言わないわよね？」

「ああ、それなら」

虚空《こくう》の切れ目から取り出したアウロラをウィリアムは握ってみせる。

「驚いたわ、すごく便利な魔術ね」

未知の魔術に感心したセシリーから誉《ほ》められる。

「武器があるなら問題ないわ。ほら、行くわよ」

「いや、俺は後ろだって言ってるだろ」

嫌がるウィリアムの手を引っ張ってセシリーが前に行こうとする。それに気づいたレオナルトが声を荒らげた。

「なにをしているんだ。お前は足手まといになるから後ろに行け」

「サンキュ。助かるぜレオナルト」

「あっ、こら。待ちなさいウィル」

王太子の発言には抗えずセシリーが一瞬手の力を緩《ゆる》めた隙に、ウィリアムは嬉々として後ろに向かって行った。


「ちっ、これで後ろの守りは万全になったな」

「ええ、そうみたいね」

一連のやり取りを目撃していたゼスが愚痴り、その愚痴をセシリーが肯定する。

訳がわからないことを言う二人にレオナルトは反論する。

「なにを言っているんだ、不安なのが後ろだろう」

ウィリアムを後ろへ退《ひ》かせたことに問題などあるわけがない、とレオナルトは確信していた。友達びいきかよくわからないが、ウィリアムが参戦したところで犠牲者が一人増えるだけだという簡単な理屈もわからない二人に憐《あわ》れみすら覚える。

ちっ、ゼスはともかくセシリーもあまり当てにできないようだな、とレオナルトが不安を覚えたとき、突如狼《おおかみ》の鳴き声が響き渡った。

「みんな落ち着け、敵はDランクのシルバーウルフだ。訓練通りに戦えばどうということはない」

進行方向付近にある濃い森林から姿を現したモンスターの群れを確認し、レオナルトが指揮を執った。車列の前方に集まってきた兵士と学園生たちはすでに掌握済みだ。

実戦経験のない学園生たちも、レオナルトの一声を聞いてすぐに動揺から立ち直り指示に従った。王族として責務を果たそうとするその様は見事というべきものだ。

「来るぞ、全員武器を構えろ」

こちらを襲ってきたシルバーウルフの群れを最初の当たりで綺麗《きれい》に弾《はじ》き飛《と》ばし、次の当たりで次々と討ち取っていく。残ったシルバーウルフたちは車列を大きく迂回《うかい》するようにして逃げ出し始めた。

「向こうから襲ってきたわりに逃走を決め込むのがやけに早いな」

「いえ、あれは襲ってきたというよりなにかから逃げてきたような……」

レオナルトの傍《そば》で戦っていたセシリーが違和感を口にする。

セシリーは王国魔導士団時代にモンスター討伐戦を幾度となく経験しており、実戦経験はこの場の誰よりも豊富だ。

「ねえ、あれを見てっ⁉」

「グ、グリフォンだとっ⁉」

突如森林から飛び上がってきた大型モンスターにレオナルトが叫ぶ。

鷲《わし》のような鋭い嘴《くちばし》に翼、獅子《しし》のような身体《しんたい》を併せ持つグリフォンはAランクに分類される凶悪なモンスターであり、魔導士団の分隊でようやく討伐できる強さだ。一般兵士と学園生の集まりでは犠牲者が出ることは必至だった。

「こちらに来るぞ、注意しろ」

レオナルトの指示に従い、皆が注意深く警戒する。しかし、グリフォンは巨大な奇声を発すると、盾となるレオナルトたちの上空を飛び越え、戦えない者たちが集まった車列の後方へ向かっていた。

「どうやらわたしたちのことは無視して後ろに行くつもりらしいわね」

「なにを悠長なことを言ってるんだっ⁉」

後方にグリフォンが向かったことで、先ほどまで逃げ惑っていたシルバーウルフは反転しこちらに向かってくる。状況は混迷を迎えつつあった。

「ちっ、セシリー。この場はお前が支えてくれ。俺が後ろに向かってグリフォンを倒す」

「いいえ、その必要はないわ。後ろにはウィルがいるもの」

「ふざけるのも大概にしろ。あんなやつが役に立つわけがないだろう」

「いや、役には立つと思うぜ。むしろあいつは役にしか立たねえよ」

「最弱兵器だから頼りにならないと思っているなら勘違いよ」

「お前たち、正気か？」

自信満々で訳のわからないことを言う二人に、レオナルトは強い疑いの眼差《まなざ》しを向ける。

「わたしの知る限りウィルはこの学園でもっとも実力のある魔導士よ。無能の振りをする理由はよくわからないけど、あのくらいのモンスターになら勝てるって信じているわ」

「妄想も大概にしろ、グリフォンと対峙《たいじ》したら最弱兵器など瞬殺されるに決まっているだろうが」

その直後、後方に向かったグリフォンから巨大な奇声が発せられた。慌ててレオナルトたちが振り向くと、あろうことかそこには空高く飛び上がり暴れるグリフォンの喉元に剣を突き刺しているウィリアムの姿があった。

「なっ⁉　な、なにを考えているんだあいつはっ⁉」

時は少し遡る。

「くそっ、レオナルトのやつ簡単に突破を許しやがって。全然役に立ってないじゃないか」

上空から悠々と接近するグリフォンに気づき、ウィリアムは悪態をついた。

役立たずという意味では、真っ先に逃げ出したウィリアムはその最たる例であり、陣頭指揮を執るレオナルトとは比較するまでもない。だが怠惰で他人任《ひとまか》せの少年の脳内では、レオナルトが悪い、という結論が導かれていた。

車列後方にはウィリアム同様戦えない者たちが集まっている。誰もが不安そうに空の一点を眺めており、グリフォンを倒せそうな猛者《もさ》は見当たらなかった。

（おい、どうしたらいい？　荷物とか全部捨ててとっととこの場から逃げたほうがいいのか？）

『あ、相手はただの雑魚《ざこ》一体です。け、警戒しすぎですよ』

『う、うん。あ、あんな雑魚モンスター相手に、お、臆する必要なんてないよ。た、倒してあげてもいいんじゃないかなー。あ、あははは』

なんでこいつらどこか棒読みなんだ?

レインたちの態度が気になったが、ウィリアムは差し迫った危機への対処を優先する。

(もしかしてあいつって狂暴そうだけど大したモンスターじゃないのか?)

上空を飛ぶグリフォンを見て、ウィリアムは怪訝《けげん》そうに尋ねた。

『そ、そうですっ⁉』『そ、そうだよっ⁉』

車列後方では御者や使用人などの戦えない人たちがグリフォンを見ていまにも死にそうな顔で脅《おび》えており、ここで逃げるとウィリアムはあとでセシリーに叱られる気がした。さらに幸か不幸か、最弱兵器として戦わないことを前提に生きてきたウィリアムは当然ながらモンスターにも精通しておらず、レインたちはグリフォンを雑魚モンスターと肯定する。

そのような状況下でグリフォンを倒せと指示を受ければウィリアムも戦わざるを得ない。

(まあ雑魚モンスター一体を倒すぐらいなら協力してやってもいいか)

脅える給仕《きゅうじ》服姿の少女に向かって急降下してくるグリフォンに対し、騎士剣を手にしたウィリアムは身体強化魔術を駆使して一気に跳躍。いままさに少女を襲おうとしたグリフォンの喉元を騎士剣で貫いた。

「GYAAAAAAAAAAAAっ⁉」

奇声を発して暴れ出すグリフォンが急上昇を始めたので、ウィリアムは一旦騎士剣を抜

いて地上に降りる。その後上空を旋回するグリフォンと対峙していると、

「退《ひ》けウィリアム、お前にこいつの相手は無理だ」

どこかで借りた馬に跨《またが》ったレオナルトがこちらに駆けつけてきた。

「なにを言ってるんだよ、こんなやつに慌てふためいて」

呆《あき》れたようにウィリアムが口にしたとき、グリフォンが恐ろしい速度で急降下してきた。

「馬鹿者、そいつから目を離すなっ⁉」

「いや、これだけ気配を発していれば目を離しても対応できるだろ。というかなかなか降りてこないから敢《あ》えて隙を作ったくらいだし」

そう言ってウィリアムは縮地を以《もっ》てグリフォンの前から一瞬で姿を消す。直後、標的を見失って戸惑っているグリフォンの背中側に回り込み、片翼を一撃で斬り落としていた。

「ば、馬鹿なっ⁉　お、お前は最弱兵器のはずだろっ⁉」

「いやいや、いくら最弱兵器でも雑魚モンスターの一体ぐらいなら倒せるって」

「ざ、雑魚だとっ⁉」

激痛で地上をのたうち回ったグリフォンは飛べなくなった復讐《ふくしゅう》とばかりにウィリアムに狙いを定める。

「な、なにを言っているんだお前はっ⁉　こいつは雑魚では——くっ⁉」

「GRUUUUUUUUUUUUUUUUUUUUUU――――っ！」

グリフォンが咆哮《ほうこう》を上げながら睨《にら》みつけてくる。ウィリアムの傍にいたレオナルトは重圧を受けたのか、顔を深刻なまでに引《ひ》き攣《つ》らせていた。

きっと前のほうで俺の想像もつかないような強力なモンスターと戦ってきたんだろうな、とウィリアムはやたらと弱気なレオナルトを憐れんだ。

「無理せずに退がってろよ。お前にもしものことがあったら俺をサボらせてくれるやつがいなくなるだろ」

「ウィ、ウィリアムっ⁉　そいつは雑魚なんかじゃなくて――なっ⁉」

レオナルトの言葉を遮るように、一度大きく息を吸い込んだグリフォンが口腔《こうくう》から強烈な炎を吐き出してきた。火の息《ブレス》に驚くレオナルトを他所《よそ》に、ウィリアムは落ち着いた表情で脳のリミッターを外して騎士剣を振るう。すると強烈な風圧が生み出され、たったの一振りで火の息は薙《な》ぎ払《はら》われ霧散した。

「ま、まさかただの斬撃で火の息を掻《か》き消《け》したというのかっ⁉」

目の前で信じられないことでも起こったように驚くレオナルトの声が聞こえてくる。

「いやいや、この程度のことでいちいち驚くだなんて大袈裟《おおげさ》すぎだろ。お前だってその気になればこれぐらいのことはできるだろうに」

「な、なにを言っているんだお前はっ⁉　こんなことをできるわけが――」

そんなレオナルトの返事を聞くより先にウィリアムが動いた。なぜなら火の息を消し飛ばした直後、動揺したグリフォンが及び腰になるのを見抜いていたからだ。

いまだっ！

一振り、二振り。合計二度の斬撃でグリフォンを大きく傷つけた後、三度目の斬撃で首を両断する。綺麗な切断面とともに力なく崩れ落ちるグリフォンを見て、ウィリアムはふうと安堵《あんど》の息を吐いた。

「グ、グリフォンをああも簡単に討伐するだとっ⁉　あ、あいつはこれまでどれほど修行を積んできたんだっ⁉」

「あら、知らないの？　三週間よ」

遅れて馬で駆けつけてきたのはセシリーとゼスだ。

「セシリーと戦った日に魔力に覚醒したなんて与太話まではさすがに信じられないぜ。どう見てもありゃ長年の修行を経たやつの動きだろ」

またセシリーたちが妙なことを言いだしている、とウィリアムは面倒臭そうに眼《め》を細める。

「さ、三週間っ⁉　た、たった三週間で、あ、あの領域に至ったというのかっ⁉」

こちらを見て口をぱくぱくさせているレオナルトを見て、ウィリアムは、こいつってこんな大袈裟なやつだったのか、と厄介そうな表情を浮かべる。対応が面倒臭そうだったので無視することにして、ウィリアムは倒したグリフォンを見た。

雑魚っていうわりには少し面倒だったな。しかも俺が片付けたのが最後か。みんなはいったいどれだけ強いモンスターと戦ってるんだ？

実際はグリフォンが倒されたため、他のモンスターはウィリアムを警戒して逃げ去ったのだが、車列の前方の戦いを見ていないウィリアムには知る由《よし》もなかった。

（なあ、なんでみんなあんなに驚いているんだ？）

『き、きっと最弱兵器と侮《あなど》られていたウィリアムさんが人並みの強さを発揮したからじゃないでしょうか』

『も、もともとの評価が低かったからこの程度の実績で周りが驚くのも無理はないよ』

（まあそんなもんだよな、俺如《ごと》きで倒せるモンスターが強力なわけないし）

ウィリアムが納得すると、なぜかレインたちはほっと胸を撫《な》でおろした。その後グリフォンの死体を検《あらた》めていたレインが険しい表情になる。

『こ、これはっ⁉　見てくださいミオ様っ⁉』

『やっぱりそういうことだったか』

（どうしたんだよ？）

気になったウィリアムが尋ねると、レインから逆に質問される。

『この死体、どのように見えますか？』

（どうって言われてもただの死体だろ。なんだか少し嫌な感じがするけど、死体なんてだいたいそんなもんだろ）

『どう思いますか？』

『感じがいいと考えるべきだろうね』

なんの話をしているのかわからないが、ウィリアムは自分の評価が少し上がった気がした。

「な、なあウィリアムっ⁉　お前はいったいいつ魔力に覚醒したんだっ⁉　本当のことを教えてくれっ⁉」

「お、お前さっきからどうしたんだ。そんな暑苦しいキャラじゃなかっただろ」

気づけばレオナルトが興奮した様子で肩に摑《つか》みかかってきていた。そう簡単に無視させてもらえるような相手じゃないらしい。

「わっ、ち、近いってっ⁉」

「いいから教えろ」

「セ、セシリーと戦った日からだからだいたい三週間前くらいだ」

「さ、三週間だとっ⁉　そんな短期間であんなに強くなれるわけないだろうっ⁉」

「なにわけのわかんないことを言っているんだよ。実際できたんだからできるに決まってるだろ」

「ははは、なんだよそれ。ふざけるなよ」

なぜか目の前で人目も憚《はばか》らず大笑いをするレオナルトを見て、ウィリアムは困惑して動けずにいた。一通り笑い終えた後、レオナルトは景気よくウィリアムの肩に手を置き力強く告げてくる。

「この件は借りにしておくぞ。今度何かあったら俺がお前を助けてやるからな」

「ふざけるな。今度なにかあったら死人が出るぞ」

ウィリアムは真顔でレオナルトの手を振りほどいた。すると先ほどまで喜色満面の笑みを浮かべていたレオナルトも真顔になる。

「俺が死ぬと言いたいのか？」

「なに言ってるんだよ、俺が死ぬって言ってるんだ」

「はっはっは、面白い冗談だな」

そう言ってウィリアムの肩をばしばし叩《たた》きながらレオナルトはまた高笑いを始める。こいつ大丈夫か、とウィリアムは本気で心配していた。

東部への道中、川辺にて。

『今回もお疲れさまでした、《不滅》に続き《不屈》もきちんとこなしてみせましたね』

「おい、言葉は正しく使えよ。こなしたんじゃなくて、お前らが無理やりこなさせたんだろうが」

遭遇戦で討伐したモンスターの解体や破損した馬車の修理にみんなが時間をとられる中、後処理を面倒臭がったウィリアムは騎士剣を洗ってくると言って一人川辺で涼んでいた。

傍《かたわ》らにはなぜか上機嫌のレインの姿がある。

「最初はお前も嫌々サポーターについたって感じだったのに、なんだかいまは楽しんでないか？」

『楽しんでなどいませんよ。ですが、なんだかんだ言いながらウィリアムさんが修行をこなしてくれたことをうれしく思っています』

「だからこなしているんじゃなくてこなさせられているんだよ。人の話を聞けよ」

聞く耳を持っていないレインに、ウィリアムは本心から訴える。

「そもそも誓約がなければ俺はお前らの弟子なんかやってないんだからな」

『……誓約ですか』

「どうしたんだよ？」

『もし誓約がなかったとしたら、ウィリアムさんは今頃どうしていたか考えたことはありますか？』

「妙なことを訊《き》くんだな。でもそうだな、今頃は学園で底辺生活を送りながらのんびりすごしていたんじゃないか。少なくとも東部に派遣されるなんてことは絶対になかったはずだ」

『たしかにそのほうがウィリアムさんにとって幸せだったかもしれません。ですが、今日ウィリアムさんがいなかったらグリフォンによる犠牲者が出ていたかもしれません。その点についてはどう思いますか？』

「そ、それは……。そ、そんな難しいことなんて考えたことねえよ。ほ、他のやつらがどうにかしたんじゃないのか」

『そうでしょうか、わたしにはそうは思えません。あの場で危機に対応できたのはウィリアムさんだけでした』

「だ、だったらどうなんだよ？」

『せっかくですからこれを機に一度考えてみたらどうでしょうか。ウィリアムさん、あなたは今日人助けをなさったんですよ。これは誰にでもできる行いではありません、とても立派な行いです』

ウィリアムは妙な気恥ずかしさを覚える。

他人に認められるなんて経験はこれまでなかったからだ。

「そんなこと言われてもなあ、雑魚《ざこ》モンスターを一体倒しただけだぞ」

『いいえ、とても立派な行いです。あなたはもっと自分の可能性というものを信じていいと思います』

「からかってるのか？　俺は可能性がないから最弱兵器って呼ばれているんだけど」

『それはもう過去の話です。いまのあなたには魔導士としての実力が備わりつつあります。これからの頑張り次第では歴史に名を刻むようなすごい人になれるかもしれませんよ』

「あのなあ俺は実家から追放されて家名すら名乗れない身なんだぞ。そこんとこわかってるのか？」

『なら家名はこれからわたしが考えます。ですから——』

「冗談はそこまでにしろよ。俺如きが歴史に名を残せるわけないだろ」

もうこの話は終わりだと言わんばかりに立ち上がったウィリアムはレインを見て少しだ

け微笑《ほほえ》んだ。

「でもま、お前が俺のことを応援してくれたっていうのは覚えておくよ」

※※※

東部にある大樹海は強力なモンスターが多数蔓延《はびこ》っていることから、人の手が入っておらず、いまだ手つかずの広大な土地が広がっている。

その奥深くにイリスとソフィアの姿があった。

『こんな辺鄙《へんぴ》なところまで出向いて無駄足にならずに済んだことを喜ぶべきかしら。それとも悲しむべきだと思う？』

『どちらも不正解だ。これから起きる戦いには必要のない感情だぞ』

樹上《じゅじょう》から見下ろすイリスの視線の先には、大樹海の中を這《は》うようにして進む巨大な蠍《さそり》――ジャイアントスコーピオンの姿があった。さらに巨大な蠍の進路上には、岩を甲冑《かっちゅう》のように纏《まと》った大きな蜥蜴《とかげ》――ロックリザードが立ちはだかり、互いにぶつかり潰し合っている。

『どちらの個体からも僅かだけど神力を感じるな』

『ええ。千年振りだけど、この力の恐ろしさは魂にまで染《し》みているから忘れようがないわ。しかも、こいつら森中にいるわよ』

『一体一体ならそこまでの強さじゃないからこの時代の人々でも対処のしようはあるだろう。だが』

イリスの瞳に映るのは、死闘を制したジャイアントスコーピオンがロックリザードの死体を喰《く》らい、まるでその力を取り込んだかのようにさらに巨大化する光景だ。

『ずいぶんと面倒な手を打たれたわね。あいつらの手の内がわかったのはいいけど、王が誕生したらこの時代の人々だと対応できないわよ』

『ああ、その通りだな。ともあれこれで今後覚醒者たちが打ってくる手に目星を付けることができた。このまま退くぞ』

大樹海に背を向けたイリスたちは東部の要衝である、都市イステリアに向かい始めた。

『ねえ、訊きたいことがあるんだけど？』

『なんだ？』

『なぜ東部があやしいと思ったの？　なにも根拠なんてなかったはずでしょ』

『わたしは時代というものをひとつの大きなうねりのようなものだと考えている』

『それで？』

『わたしたちの時代には覚醒者という脅威を前に、わたしやソフィア、ミオを始めとする多くの力ある者たちがいた。見方を変えれば非常に才能に溢《あふ》れていた時代と言えるだろう』

『覚醒者の出現を契機に多くの力ある者たちが生まれたという考えのことね』

『ああ。だからこの時代にわたしたちの封印が解けたことにも意味があると考え、再び時代が動き出す兆《きざ》しを見逃さないように考えて動いた結果だ』

『その手の勘所は一生あんたに勝てそうにないわね』

『わたしは大事な決断を直感で決めるからな。理論や計算に基づいて判断する者では至れない領域にいると自負しているぞ』

『ところで時代のうねりにウィリアムの件は含まれているのしら？』

『なんだか含みのある言い方だな。まあいい、含まれると言いたいところだが不明だ。あの小僧の強さは未知数だ。なにしろ素質以前に性格からして詰んでいるからな』

『ふーん、あんたでもわからないことがあるんだ。ふーんふーん』

『なんだ、なにか思うところがあるのか？』

『べっつにー』

『むう、まあいい。それにしてもお前はよくあの小僧を指導できたな。言ってはなんだが相当手を焼いただろう。千年間で唯一わたしたちの封印を解いたとはいえ、やる気がないうえに性格がひねくれているからな。まさかとは思うがテキトーに指導をして手を抜いたりはしていないだろうな？』

『失礼ね、そんなことはしていないわよ。でもふふっ……。あんたはなにか大きな流れのようなものを摑《つか》めているようだけど、あんたの知らない大事な教訓をあたしが教えてあげるわ』

『なんだそれは？』

『百聞は一見に如かずよ。あんたがこの言葉の意味を悟ったとき、きっとあたしにこう尋ねるでしょうね、「どうしてこんな大事なことを言わなかったんだ」って』

ソフィアの冗談を聞き、イリスは鼻で笑う。

『ふっ、そのときは裸踊りでもしてやろう』

※※※

時を同じくして大樹海の奥地には、頭からフードを被《かぶ》った二人の人影があった。

「このようなところまでわざわざお越しいただきありがとうございます、使徒様」

片方は膝を突き、使徒様と呼ばれた人物に頭《こうべ》を垂れている。

「かまいませんよ。あなたはわたしの眷属《けんぞく》ではありませんが、それでも尊き方の眷属であることに変わりはありませんからね。ついてきてください、見せたいものがあります」

使徒と呼ばれた人物は眷族《けんぞく》を従えて、大きな洞窟の中に入っていく。その先には、鍛えられた鋼のような体軀《たいく》と曲刀を連想させる角を持つ巨大な獣型モンスターの姿があった。黒い光の帯のようなもので拘束されているため抵抗はできないようが、その姿には見る者を威圧する覇気がある。

「これは……まさかベヘモスですかっ⁉」

「ええ、王にしようとして先ほど捕らえました。ただのモンスターが王となっては神力を蓄える器《うつわ》として力不足ですからね」

「大樹海とはいえベヘモス以上のモンスターは見当たりません。間違いなくこのベヘモスが今回の王になることでしょう。わたしの神力を捧《ささ》げさせてもらいます」

そう言って眷族は身動きのできないベヘモスに手を翳《かざ》す。すると黒い発光現象が生じ、ベヘモスがより禍々《まがまが》しい存在に変化していった。

「これでこの国の東部は混沌《こんとん》に支配されるでしょうね」

「さあ、それはどうでしょうか。計画はあくまで計画、思った通りには進まないものです」

「まさか。我々の行動を阻止することができる者などこの時代にはいませんよ」

「それはどうでしょうね。おや、この気配は……」

他に誰もいないはずの大樹海でなにか懐《なつ》かしいものを見つけたように、使徒と呼ばれた人物の口元が少し緩《ゆる》む。

「どうかなさったのですか？」

「いえ、こちらの話です。もしかすると思わぬところで足を掬《すく》われるかもしれませんよ。王が生まれたらあなたは東部を発《た》ったほうがいいでしょう。あとの面倒はわたしが見ましょう」

四章　イステリアの地にて

早朝、イステリアの宿舎にて。

「なあ本当に今日は授業に出なくていいのか?」

『ええ、かまいません』

にっこりと微笑むレインを見て、宿舎の割り当てられた部屋で二度寝を試みようとしたウィリアムは確信する。

まずいな、これは絶対に裏がある。

きっかけは早朝だった。この日はレインがなぜか笑顔で『昨日は頑張ったから今日の授業はサボってかまいません』と口にしたのだ。

いまウィリアムたちが滞在しているのは、国でもっとも広大な穀倉地帯が広がる東部において経済・流通を支える要の都市であるイステリアだ。ここを拠点としてウィリアムたちは到着翌日である今日からモンスター討伐実習を行う予定になっており、他の学園生たちは教師陣たちに付き添われて討伐に向かっていた。そんな中、レインからサボりの許可を得たウィリアムは滞在先の宿舎で一人留守番をしている。

東部遠征に来たにもかかわらずレインがサボりの許可を出すというのは、ウィリアムからしたら裏がありますよと言われているのと同義だった。

それにだ、レインがサボることを認めたところで、担任であるメイアに授業の欠席を許可してもらえなければ意味がない。当然ウィリアムはそんなことはありえないだろうと予想していた。

だがレインからの助言通り「グリフォンと戦った際に少し無理をしてしまったようで」と言ったところ、普段は厳しいことばかり口にするメイアがなぜかやけに心配そうな表情になり「無理せず今日は休んでいろ」と言ってあっさりと欠席を認めてくれたのだ。

事態が全く呑《の》み込めないウィリアムは喜びや驚きを通り越して、この現象に薄気味悪さを覚えてしまった。

なんであんなに心配されたんだろうな？

たかがグリフォン相手でわけがわからないとウィリアムは思いながらも、宿舎としてあてがわれた宿の食堂で久しぶりにゆっくりと朝食を摂《と》った。もちろんどっきりというオチを警戒していたのだが、普通に食事を食べ終えてしまった。

しかし、そこで警戒心を完全に捨ててしまうほどウィリアムは甘くなかった。サボることにおいて一流の彼は、師匠を名乗る英霊たちが油断ならない相手であることを把握しているのだ。

大抵こういうときは授業に出るよりもキツいことをさせられるはずだ、と警戒しつつ部屋に戻ったウィリアムを、なぜかレインが笑顔で迎えたという流れで現在に至る。

『せっかくですから二度寝をなさったらどうですか？　ふかふかのベッドですからぐっすり眠れると思いますよ』

なっ、こいつ正気かっ⁉

あまりにも露骨な誘いの手に、ウィリアムの警戒心が完全にピークを振り切っていた。

本来ならばありえない現象が立て続けに起きている。これは明らかに異常事態であり、その原因を探らなければならないはずだ。あの一週間不眠不休のあああクソ天使や、人間の皮を被った斬殺臨死体験娘たちがなんの理由もなく休みをくれるわけがないのだ。

しかし、ここで怠惰な性格が顔を覗《のぞ》かせる。

ま、授業をサボれるのならどうでもいいか。

最近ずっと遠ざかっていた怠惰な日々を過ごせるという欲望が勝ち、ウィリアムは本能に従いベッドに飛び込む。ここ最近忙しかったから今日はずっと寝ていよう、と睡眠欲にも負けて警戒心が消え去ったタイミングで、突如ベッドのすぐ近くにある窓がばっと開かれ、突風が部屋の中に入り込んできた。

『久しぶりだな、いま帰ったぞ』

ここしばらく留守にしていたイリスがソフィアとともに帰還していた。

いったいどういう魔術を使ったのか察しはつかなかったが、このときウィリアムの脳裏に嫌な予感が過《よぎ》ったのは言うまでもない。

『予定通りみんな揃《そろ》っているようだな。非常事態が発生したのでこれから緊急会議を行う。それと小僧、お前にはこれからこれまで経験したことのないような過酷な状況を味わってもらうことになる。真面目に授業を受けておけばよかったと後悔することになるから覚悟しておけ』

「やっぱり裏があるんじゃねえかあああああああああああああああ――――っ!?」

宿舎中にウィリアムの叫び声が響き渡った。

『昨日、ウィリアムさんが倒したグリフォンは僅かながら神力を宿していました』

『どうも覚醒者たちは東部でモンスターカーニバルを行っているっぽいね』

『だとすれば東部一帯が窮地に陥ることになるな』

『東部一帯で済めばかわいいほうじゃないの。覚醒者相手なら国が滅ぼされてもおかしくないわ』

のっぴきならない表情のイリスたちの傍《そば》で、だるそうな顔をしたウィリアムがふぁーっと欠伸《あくび》を漏らしていたところレインに気づかれた。

『ウィリアムさんにも関係のある話ですから真面目に聞いていてください』

「そう言われてもなあ、知らない単語ばかりでなにを言っているかさっぱりなんだけど。そもそも覚醒者ってなんだよ？　出会った頃にお前らからヤバい奴《やつ》らだって聞かされてたと思うけど詳しくは教えてくれなかっただろ」

『覚醒者というのは神の力に魅入られて道を踏み外した史上最悪の愚者のことです。人としての道を踏み外しているため善悪の基準がわたしたちとは根本的に違います。それゆえ目的のためならあらゆる手段を肯定し、場合によっては街一つどころか国を平気で滅ぼす存在といっていいでしょう』

「げっ、そんなヤバい連中が東部にいるのかよ。そいつらがやろうとしているモンスターカーニバルってのはなんなんだ？」

『ふんっ、特別にあたしが説明してあげてもいいわ。モンスターカーニバルっていうのは覚醒者が強力な力を手に入れるために稀《まれ》に行う儀式のようなものよ。覚醒者のみが持つ特別な力である神力を僅かずつモンスターたちに分け与え、分け与えたモンスターたちで共喰いさせるの』

「そうするとどうなるんだ？」

『神力に冒《おか》されたモンスターは常に他のモンスターを殺して力を奪うことだけを考え、急激に成長していって、その過程で神力の量も僅かに増えるのよ。増えた神力は後日覚醒者が回収するのが定番ね。ともあれ東部でモンスターが活性化しているのは十中八九モンスターカーニバルが原因よ』

「なんだかまずいことが起こっているのはわかったけど、最終的にそれってどうなるんだ？」

『まだわからないってあんた鈍すぎなんじゃないの。殺し合いで生き残った最後の一体が強力な力を得て、モンスターの王になるに決まってるでしょ』

「王？」

ウィリアムがいまだに理解が追いつかないでいると、ミオも説明してくれる。

『うん、王は通常のモンスターを統《す》べて巨大な群れをつくるんだ。その後人を滅ぼそうとしてわたしたちがいまいる街を襲ってくるはずだよ』

「つ、つまりスタンピードが起こるってことじゃないかっ⁉」

ウィリアムは思わずベッドから立ち上がっていた。そんなウィリアムに呆《あき》れた目を向けるのはイリスだ。

『さっきからそう言っているだろう。そんなに慌ててどうしたんだ?』

「慌てるもなにも、そういうのは王国軍が対応する事案だろうが。くそっ、これからいったいどうすりゃいいんだ」

『わたしたちの言葉を信じるのはお前くらいのものだろう。だからこの問題への対処はお前がやるんだ』

「冗談も大概にしろよ。俺なんかよりずっと強いソフィアやミオが対処すればいいじゃないか」

するとソフィアとミオがなぜか難しい顔をした。

「おいどうしたんだよ?」

『ウィリアムさん、先ほどのイリス様の発言は決して冗談などではありません。ソフィア様やミオ様はもう――』

『こら小僧、男ならうだうだ文句言わないでどんと構えていろ。べつに慌てるようなことじゃない。覚醒者の手の内がわかっているんだから事前にその策を潰せばいいだけだ』

なにか言いかけたレインの言葉に被《かぶ》せ、イリスが力説する。

『わたしたちは初期段階で異変に気づけたんだ。いま東部に蔓延《はびこ》るモンスターは一体一体なら大した強さじゃないからお前でも狩れる相手だぞ。弱いお前でも、な」

「なんだよ、その妙な振りは？」

『さらに幸運なことに、わたしが考案した《修羅》はモンスターを狩ることで力を得る修行なんだ。お前は本当にツイているな』

「お、おいっ⁉　ま、まさかっ⁉」

『ああ、そのまさかだ』

「い、嫌だぞ俺はっ⁉　こ、今回の件はべつに俺だけがどうにかしなくちゃいけないってわけじゃないんだろっ⁉　そ、そうだ、セシリーに相談しようぜっ⁉　あ、あいつなら俺が必死に話せば荒唐無稽な話でも調査ぐらいしてくれるはずだっ⁉」

『いいや、それはやめておけ。危険すぎる』

「な、なんでだよっ⁉」

『あの小娘を通じてお前が覚醒者の策を見抜いたと知られてみろ、モンスターカーニバルを仕組んだ覚醒者はすぐさまお前を抹殺しに来るぞ』

「し、知らない振りをして誤魔化したりとかは……」

『覚醒者は精神体となったわたしたちを視《み》ることができる。わたしたちと覚醒者は千年前にお互いの生存を懸けて殺し合った関係だから、わたしたちに選ばれたお前を覚醒者は絶対に許しはしない。いずれにせよ策を見破られた覚醒者はお前を殺しに来るだろうな」

「じゃ、じゃあ、やっぱりその……」

「ああ、いまのうちに修行をして強くなっておくしかない」

ウィリアムががっくり肩を落とす一方、これまで毅然《きぜん》とした表情で説明をしてくれたイリスはこちらを睨《にら》みつける修羅と化した。

『このわたしを馬鹿にしたことを後悔させてやる。修行中にお前が死んでもわたしは許さないからな』

「ひぃぃぃ――――っ⁉　ほ、他の選択肢はないのかよっ⁉」

怯《おび》えたウィリアムがソフィアとミオを見るが二人とも気まずそうに目を逸《そ》らす中、イリスは優越感に浸った様子で断言する。

『ない』

『さて、ようやくわたしの修行を受けることができるな。どうだ、うれしいだろう小僧』

「そんなわけあるか。殺されるのは嫌だけど修行をするのも嫌に決まってんだろ」

ウィリアムは縄で雁字搦《がんじがら》めにされた状態でイリスたちの前に座らされていた。場所はイステリアの南東側――イステリアの東から南北方向に広がる大樹海の外縁部だ。学園生たちがモンスター討伐をしている場所とはちょうどイステリアを挟んで反対側になる。

人里離れた山中でぶっとんだ修行を受けることを拒否したウィリアムが逃走を試みた結果、あえなくお縄になり現在に至る。

『イリス様から逃亡することなど許しません。腹を括《くく》ってください』

「くっ⁉」

仁王立ちしたレインに注意され、ウィリアムはその場に項垂《うなだ》れた。

『それでウィリアムの実力はお前たちから見てどうなんだ？』

『ぜ、ぜんぜん大したことがないわねっ⁉』

『い、いまのままだとどうしようもないだろうねっ⁉』

なぜか上擦った声で師匠二人が返しているのだが、イリスは特に気に留《と》めないようだ。

『なるほど、つまりわたしと同様の力ある者たちの手を以《もっ》てしてもどうにもならないほどの無能だったということか』

「わ、わるかったなっ！」

『まあいい。わたしの手にかかればお前の強さの次元を一気に引き上げてやることくらい簡単なことだ』

絶対にロクでもない修行じゃねえかっ⁉

イリスがさっと手を振るうと、一瞬だけ風が吹き抜け、ウィリアムを拘束する縄が解かれる。逃げても無駄なことを悟ったウィリアムは覚悟を決めてイリスと向き合う。

「なあ、あいつらがじろじろ見ていて集中できないんだけど」

『ソフィア、ミオ。この場はわたしに任せてもらうぞ』

『そういう事情ならしかたないわね』

『うーん、できればリスの驚く顔を見たかったんだけどね』

『なにを言っているんだ、小僧が不出来なことは知っているから驚きはしないぞ』

こいつに言われるとむかつくな、とウィリアムは不満顔になる。しかも、これから千年前の魔王が施す修行を受けさせられるのだから気が滅入《めい》ってくる。

『まずは、《修羅》について詳しく教えてやろう』

せめて死の危険はない修行でありますように、とウィリアムは祈った。

『よく聞け、《修羅》はお前にモンスターを呼び寄せる魔術を掛けることで延々と押し寄せるモンスターと戦い続けるという画期的なものだ！　数多《あまた》の戦いを経験することでその身を鍛えるんだ、どうだすごいだろうっ！』

世紀の大発見でも教えるような得意げな態度のイリスの前で、ウィリアムはたっぷり三秒沈黙したあと心の底から叫ぶ。

「頭がおかしすぎだろっっっ！」

『なんだとっ⁉　このわたしをまたも馬鹿にするとはいい度胸だなっ⁉』

直後、呼吸するようにイリスが魔術を発現。ウィリアムのすぐ脇を一瞬の速さで駆け抜けていったそれは、数秒後に大樹海の奥深くでとんでもない大爆発を引き起こした。同時にウィリアムの顔からさっと血の気が引いた。

『次に文句を言ったらお前にあの一撃を喰《く》らわせるぞ。まだ文句はあるのか』

「…………（ふるふるっ⁉）」

ウィリアムは首を横に振ることしかできなかった。そんな姿を見て、イリスは満面の笑みを浮かべる。

『納得したようだな。では説明を続けるぞ。《修羅》では倒したモンスターの魔力を取り込むことによりお前の魔力を効率的に増やせるんだ。もちろん魔力の上昇量には上限があり本人の持つ器《うつわ》を超えることはできないことに加えて、同じ強さのモンスターを一定数倒すとそれ以上魔力が上昇しなくなる性質がある。だからさらに魔力を得ようとするなら格上のモンスターを倒し続けなければならないんだ』

それって強敵と戦い続けないと強くなれないってことじゃねえかっ⁉

『ではお前のこれまでの修行の成果を見せてもらおう。せめてEランクのモンスターを単独で倒すことができないと話にならないからな』

「ミオたちから話を聞いていなかったのか、グリフォンを倒したのは俺なんだけど」

『それはミオたちの手助けがあっての話だろう。わたしはお前単独での強さが知りたいと言っているんだ』

「独力だって。見てないのに勝手に決めつけるなよ」

『おい、そこまで言うなら試してやってもいいが嘘《うそ》をついて苦労するのはお前だぞ。いいかよく聞け、自分が弱いことを認めるのは恥ずかしいことじゃない、今後のためにいまの弱さを認めるのは必要なことなんだ。お前はまだ子供だからその辺りの分別がついていないのだろうが、身の丈に合わないことをするのは危険すぎ――』

「人の話を聞けって、倒したのは俺だって言ってるだろ」

『ふんっ、口でならいくらでも言えるということか。これだけ言ってもわたしの想《おも》いが伝わらないとは見損なったぞ小僧。そういうことなら少しこの場で待っていろ。わたしの姿が見えなくなったからって逃げるなよ』

そう言い残してイリスの姿が大樹海の奥に消えた。

いったい何をする気なんだ、とウィリアムが怪しんでいると攻性魔術を使ったような爆発音が何度か響いてくる。それから間もなく、いつの間にか実体化したイリスが黒い牛頭人身の怪物――ブラックミノタウロスを投網《とあみ》の魔術のようなもので拘束したうえで引きずるように持ってきた。

「こいつはいまわたしが捕縛したモンスターだ」

拘束されたブラックミノタウロスはすっかり戦意を失っているようだ。イリスを見て脅《おび》えたように視線を泳がせている。

「グリフォンに及ぶ強さはないが、いまの東部では平均的な強さのモンスターと言っていいだろう。いまからこいつと戦って討伐してみるがいい。そうすればお前の話を信じてやってもいいぞ」

「えっ、こいつは平均的なのにグリフォンに及ぶ強さがないのか。なあグリフォンは雑魚《ざこ》モンスターじゃないのか？」

ふと疑念を口にすると、レインがあたふたしながらも即答する。

『と、東部の平均的なモンスターの強さがあまり高くないということですよねっ⁉』

「いや、東部のモンスターの強さ、すなわち危険度は現時点でこの国で一番――」

『グ、グリフォンもそちらのモンスターも大した強さではないということでは同様ですよねっ⁉』

「ああ、そうだが」

つまりグリフォンよりちょっと弱いぐらいの雑魚モンスターか。

「断っておくが、身の程を弁《わきま》えずに戦って窮地に陥ったところでわたしはお前を助けたりはしないぞ。本当のことを言うなら今のうちだ。舐めてかかるといまのお前では大怪我をしたり最悪死ぬ恐れがある。それでもまだ戦うつもりなのか？」

「当然だろ。ほら、とっととそいつの拘束を解いてくれ」

イリスが拘束するための魔術を消すと、ブラックミノタウロスはのろのろと起き上がり警戒するように巨大な戦斧《せんぶ》を構えた。対峙《たいじ》するウィリアムは虚空《こくう》から騎士剣を取り出し、臆することなく構える。

「俺だってぶっとんだ修行を二つもこなしてきたんだ。雑魚モンスターなら討伐できるに決まってんだろ」

「ふんっ、実力を弁えないことがどれだけ愚かなことかわかっていないようだな……（中略）。……もしお前がチームを組んでいたらそれは個人だけの問題ではなく仲間全員を危機に晒《さら》すことに繋《つな》がるんだぞ、恥を知れ……（中略）。……しかし今回だけは特別にもしお前が死にそうになったら助けてやろう。いいか、お前はこれから敗北することになるだろうが、それをただの失敗で済ませず、経験として次に活《い》かせ。蛮勇に意味はないが、失敗を失敗で終わらせるな……（中略）……お前にはわたしという実力のある師匠がいるんだ、どんな困難な局面に際してもわたしからの助言に素直に従えば大抵のことは――」

「ごちゃごちゃうるせえ」

ウィリアムは自分の倍近い丈のあるブラックミノタウロスに【マジック・アロー】三発を斉射する。全ての【マジック・アロー】が直撃し、人間よりも遥《はる》かに強靭《きょうじん》な肉体を持つブラックミノタウロスから呻《うめ》き声が漏れた。

これで落ちないのか。

出血はしているようだが、ブラックミノタウロスはいまだに健在だった。予想以上の頑強さに戸惑いながらも、ウィリアムはすぐに縮地で間合いを詰めた。しかし、ブラックミノタウロスもさるものであり、ウィリアムの縮地に反応し、後退しながら一撃必殺の戦斧を巧みに操りウィリアムを葬《ほうむ》ろうとしてくる。

だが、技量の差は明白だった。

まあ雑魚モンスターならこの程度か。

一撃一撃が致命傷になるのだろうが、ミオの死を感じさせる斬撃を経験してきたウィリアムにとってブラックミノタウロスの攻撃は恐怖で身が竦《すく》む斧撃《ふげき》ではなく、相手をよく見ていない大雑把なものに過ぎなかった。ウィリアムは退こうとするブラックミノタウロスとの間合いを詰め続け、一撃二撃と確実にダメージを与えてやる。最後は相手が上から振り被《かぶ》った大ぶりの一撃を飛び跳ねるように避けて懐《ふところ》に入り、すれ違いざまに脳のリミッターを外して数度の斬撃をほぼ同時に浴びせてやる。

ウィリアムの背後ではブラックミノタウロスが一瞬で無数の血しぶきを上げて倒れ込んだ。

そんな光景を目撃したイリスは当然目を瞠《みは》っており、たっぷり三秒沈黙したあと叫ぶ。

「な、なにぃぃぃぃぃ――っ⁉　い、いったいいつこんな実力を身につけたんだっ⁉」

ば、馬鹿なっ⁉　小僧はこの間まで魔力に覚醒していない素人《しろうと》だったんだぞっ⁉

あまりに衝撃的な出来事に、イリスは体裁を取り繕えぬほど唖然《あぜん》としていた。

そんな最中、慣れた様子でレインが囁《ささや》いてくる。

『イリス様、気づかせてはなりません。ウィリアムさんの性格では自分に力があると気づいたとたん修行をやめる恐れがあります』

「ま、まさかそんな愚かなことをするなんてありえないだろうっ⁉　いや、ないとは言い切れんな。むしろ小僧の性格だと絶対にそうするか」

「どうしたんだよ？」

ウィリアムが怪訝そうに尋ねてきたのは、イリスが突然叫んでしまっていたせいだ。

「な、なんでもないっ⁉　お、お前はそこで先ほどの戦いの反省でもしていろっ⁉」

いつでもウィリアムを助けられるように備えていたイリスはこのタイミングで実体化を解除したあと、偏頭痛でも患《わずら》ったように天を仰ぐ。

『これは想定外だな。自分の力に無自覚ということには弊害もあるぞ』

『覚悟の話ですね』

『ああ、お前も知っての通り小僧にはまだ戦う理由がない。命を懸ける目的も覚悟もない。だが、誰もが羨望《せんぼう》するような類《たぐい》まれな才能は備わっているいびつな天才だ』

イリスが目を向けると、目を閉じて先ほどの戦いを振り返るウィリアムがいた。

『いずれ小僧に選択の時が来る。そのとき人類の未来を守るか、それとも命を惜しむのか。どちらを選ぶのかはわたしには判断がつかない。だが力不足で後悔するような選択肢を残すわけにはいかない。それが師匠としてわたしにできることだ』

以前ソフィアとの会話で、時代が動き出す兆《きざ》しについて話したことがある。あのときウィリアムについては判断がつかなかったが、それは大きな誤りだった。時代のうねりの発生源はすぐ傍《そば》にあったのだ。

ウィリアムの前に立ったイリスは精一杯大したことがなさそうに言う。

『ま、まだまだだな』

「まだだってどういうことだよ、楽勝だったじゃんか」

難癖でもつけられたようにウィリアムが抗議してきた。実際のところウィリアムは見事な成果を挙げたのだが、認めると困ったことになるのでイリスは唇を尖《とが》らせざるを得ない。

『ちょ、調子に乗るなっ⁉ さ、さっきのモンスターは東部では雑魚中の雑魚、すなわちクソ雑魚とでもいうべきモンスターだから、た、倒せて当然だっ⁉』

「なっ、さっきは東部では平均的な強さのモンスターだって言っただろうが」

『ち、違うっ⁉ あ、あれは……そ、そうだ、む、群れ単位で行動するモンスターだから単体では脅威度が下がるんだっ⁉ そ、そんなことも知らないのか、お、愚か者めっ⁉』

「ぐぬぬぬぬっ⁉」

実際のところは単体で行動するモンスターなのだが、傍《かたわ》らに控えるレインはなにも言わずに黙っていてくれた。

『さてお前の力量はわかったから修行を始めても問題なさそうだな。まずはお前に倒したモンスターの魔力を手に入れるための呪いを施すぞ』

「の、呪いっ⁉」

『心配するな、呪詛《じゅそ》といって一部の魔族が強くなるためにその身に刻む紋様だ。力を得る代わりに寿命を縮めるといった副作用はないから問題ない。ほら、ぐずぐずしないで右腕を出せ』

しぶしぶ腕を出してきたウィリアムに、イリスは自身が宿す魔王紋の一部を写し与える。右腕から激痛が奔《はし》ったウィリアムは抗議してきたが『痛くないなんて一言も言っていないぞ』とすっとぼけるようにして告げた。

『これでお前は魔石を破壊すればその力を吸収できるようになった。次はお前を生餌にするための魔術をかけるぞ。今度は痛くないから安心していい』

淡い光がウィリアムの体を一瞬覆った。

「ふーん、特に違和感はないんだな」

『まあな。だが、いまのお前はモンスターにとって旨《うま》そうな匂いをしているぞ』

「げっ、そんなに臭っているのかよ」

ウィリアムが体臭を確かめる間も、イリスは説明を続ける。

『よく聞け、この付近一帯のモンスターにとってお前は最上の餌だと認識されているから真っ先に狙われることになる。モンスターの強さはお前でも倒せる雑魚ばかりだが、目の前に現れるのが一体だとは限らないぞ』

直後、臭いに気を取られたウィリアムの後背から、巨大な毒蜘蛛《ぐも》――デッドリースパイダーと単眼の巨人――サイクロプスが姿を現した。

「に、二体同時かよっ⁉ い、一体はお前が引き受けてくれるんだよなっ⁉」

『そんな都合のいい話なんてあるわけないだろう。出現したモンスターは全部お前が倒すんだ。早く倒さないと次々とモンスターが押し寄せてきて手が付けられなくなるぞ』

「か、勝手なことを言うなよ。そんなことをいきなり言われても俺にだって事情が――」

『さて、わたしたちは外すからあとは真面目にやっておけ』

『頑張ってくださいねウィリアムさん』

イリスが指先をぱちんっ！ と鳴らすと【インビジブル】が発現。ウィリアムからはイリスたちの姿が見えなくなる。

「なっ⁉ お、おいっ⁉ ほ、本当にいなくなりやがったっ⁉」

頼る相手がいなくなったウィリアムは目の前のモンスターたちと対峙せざるを得なかった。僅かな逡巡《しゅんじゅん》のあと意を決したようにウィリアムは突っ込んでいく。

「く、くそがあああああああああああああああああああ――――――っ⁉」

真っ先に接近したデッドリースパイダーに脳天目がけて騎士剣を振りかざし、そのまま【マジック・アロー】を二発叩《たた》き込む。その後すぐにデッドリースパイダーから放たれた薄紫色の光がウィリアムの右腕に吸収された。

続けてウィリアムは躊躇《ちゅうちょ》することなくサイクロプスに挑みかかり、激戦を繰り広げる。

その間にもウィリアムが発する匂いに誘われ、付近一帯のモンスターが押し寄せてきていた。しかし、相手が雑魚《ざこ》だと信じて疑わないウィリアムは一歩も退かない。

「どんどん集まってきたところで――」

ウィリアムは自らの周囲に無数の魔術陣を出現させると、

「お前らなんかに負けるほど俺も弱くはねえんだよおおおおおお――――っ!?」

全ての魔術陣から【マジック・アロー】が発現。一斉に放たれた【マジック・アロー】が迫りくるモンスターを次々と貫き爆発していく。その後ウィリアムは間断なくモンスターたちに斬りかかっていく。

「束にならなきゃ俺に挑めない分際で調子にのるんじゃねえっ！」

それからしばらくしてウィリアムの周囲を埋め尽くすように数多《あまた》のモンスターの屍《しかばね》が散らばっており、モンスターの体液塗《まみ》れになったウィリアムはその場に唯一立つことを許されているように佇《たたず》んでいた。

ちょうど様子を見に来たイリスはその圧倒的な光景に息を呑《の》んだ。

『た、たった三週間でこうまで……』

真夜中、イステリアの宿舎にて。

『お前たち、どうしてこんな大事なことを言わなかったんだっ⁉ ともすればあの小僧は千年に一人の逸材かもしれないんだぞっ⁉』

初日の修行が終わり、宿舎に帰還したウィリアムが倒れるように寝入った直後の出来事だった。

ウィリアムの真の実力を知ったイリスは残りの面々を集め、苛《いら》ついた様子で詰問《きつもん》し始めた。

『黙っているつもりはなかったのですが。しかし――』

『いくら口で説明したところで誰も信じなかったと思うよ。まさかわたしたちの時代から見ても異常な水準の天才が身近にいるなんて』

『あたしはヒントを与えたわよ。百聞は一見に如かずって言ったじゃないの』

『むぅ、そ、それは……』

そのときにとんでもないことを言ってしまった気がしたイリスは沈黙する。

『くっ、降参だ降参。わたしが悪かった』

腕を組んで胸を反らしながら拗《す》ねたように言ってイリスは悔しそうに反省する。

『あそこまで性格と才覚が不釣り合いな者がいるとは思わなかったんだ。普通才ある人間というのはもっと謙虚で真っすぐな人間であるべきだろう』

『まあそうね』

『うん、そうだね』

『『わたしのような』』『あたしのような』

三人とも最後に理想のモデルとして自分を付けたし、お互いに不満そうに顔を見合わせる。こほんと咳《せき》ばらいをしたレインが続きを促してきた。

『そ、そんなことより小僧の覚悟の件、いつまでもこのままにしておけないぞ。このままのペースで小僧が成長すればすぐに問題に直面することになる』

『うん、その通りだね。ウィル君が強くなるってことはモンスターが減るってことだから王の誕生を早めてしまう。近日中に誕生するんじゃないかな』

『いまのペースでウィリアムさんが成長すれば対応できるのではないでしょうか』

『能力的には大丈夫かもしれないな。だが、あの小僧はいざというときはわたしたちが王を倒すと考えているんじゃないか』

『あたしもそう思うわね。ウィリアムに東部を守ろうという気概が感じられないわ』

『同感だね。最弱兵器としてずっと侮《あなど》られてきたウィル君には誇りが育っていないよ』

『そ、それは……。た、たしかにそうかもしれませんが』

なにやら言い淀《いよど》むレインはまだなにか言いたそうな顔をしている。しかし、従者という立場からかそれ以上何も言ってこようとはしないため、イリスは続きを促すことにした。

『レイン、言いたいことがあるのか？』

『それは、その……』

『サポーターであるお前はわたしたちの誰よりも小僧の内面に接する機会が多かったはずだ。お前はわたしたちの中で誰よりもあの小僧に詳しい。だから遠慮せずに言うといい』

『はい、皆様のおっしゃる通りウィリアムさんには東部を、いえ、そもそも誰かを守ろうとする気概はありません。ですがウィリアムさんは決して悪人というわけではありません。なにかのきっかけさえあれば自《おの》ずと理解できるとわたしは感じました』

『これまで小僧をずっと見てきたお前が言うのだから、きっかけさえあればわかる時が来るのだろう。しかし、いつ来るかわからないきっかけを待てるほどわたしたちに余裕は残されていない。強引にでもぶつかっておく必要があるな』

『それは真実を告げるという意味ですかっ⁉　で、ですが、ウィリアムさんは——』

『当然怒るでしょうね、あたしたちに嘘《うそ》をつかれていたのを知ることになるんだから。でもウィリアムの決断の時が刻一刻と迫っている以上、いまが適切なタイミングよ』

『うん。わたしたちの理想は力をつけたウィル君にこの世界を守ってもらうことだけど、かといってウィル君が決断するときに嘘があったらいけないからね』

『ああ。戦う術《すべ》ならわたしたちが教えられるが、戦う理由を見つけることはあの小僧にしかできないことだ。もうすぐ決断の時が迫るというのに嘘があっていいわけがない。むしろ小僧の選択次第では、わたしたちは自らが招いた失態の責任を負わなければならないだろう。そのときはわたしたちが命に代えてもこの地を守るから安心しろ』

　イリスたちが真意を伝えるとレインは目を瞠《みは》った。

『イリス様たちは弟子をお育てになることをどのようなものだと心得ていらっしゃるのでしょうか？』

『決まっている。わたしたちが力を託すということであり、裏を返せばこの世界の命運を託すということだ』

　ウィリアムたちが東部にやってきてから六日が経過しようとしていた。その間ウィリアムは、グリフォン戦での負傷が長引いている、と嘘をつき一度も特別授業に顔を出していなかった。そのことでメイアに疑われたことがある。

「本当に怪我《けが》が治っていないのかね？　それともここまで来てサボりかね？　キミが日中どこかに出て行って帰ってくるのは夜遅くという話も聞いている。まさかとは思うが一日中街を遊び回っているんじゃないだろうな？」

普段のウィリアムを知るメイアからすれば当然の対応だった。

だが、

「これが遊《あそ》び呆《ほう》けてるやつの顔に見えますか？」

毎日モンスターと死闘を繰り広げるウィリアムの頰はげっそりと痩せこけ、目の下には疲労が色濃く表れていた。

そんな顔で言うものだからメイアからの誤解もすぐに解くことができた。

毎日授業をサボって修行するっていうのはおかしな話なんだよな。

朝起きて食堂に向かうウィリアムには不満しかなかったが、常識が通じない輩《やから》に何を言っても無駄だった。

食堂に顔を出したウィリアムは、自分よりずっと過酷なモンスター討伐を経験しているはずの他の学園生たちが平気な顔で過ごしているのを見て格の違いを覚える。

こいつらはよくこんなに元気でいられるよな。これが才能の差か。そういえば今日の修行場はこいつらの近くになるんだったな。

　当初イステリアの南東で修行していたウィリアムだったがモンスターとの遭遇率が著しく低下した。付近一帯のモンスターがウィリアムのことを警戒して修行場に近寄らなくなった、というのがイリスの見解だ。

　そのため日に日に大樹海の外縁沿いに北上したところを修行場に設定していた。一方でイステリアの北西で討伐実習をこなしていたセシリーたち学園生は徐々に難易度を上げているのか、実習場を東側に設定してきていた。

　そういえば昨日宿舎に帰ってきたとき、イリスが妙なことを言っていたな。

『なるべく学園生たちと遭遇する可能性は減らしておきたかったんだが、状況的にしかたないか。いまは一体でも多くモンスターを狩っておく必要があるからな』

　そのときウィリアムはなにが不都合なのか気になりはしたが、理由を尋ねるのも面倒なほど疲れておりすぐにベッドに向かったので疑問は解消されないままだ。

　食堂でウィリアムが空席を探していたところちょうどセシリーたちに声をかけられたので、一緒のテーブルで食事を済ませることにした。

「これ以上モンスターの活性が高まると手に負えなくなるだろうな。すでに人手不足が深刻化していて冒険者ギルドの手を借りているようだ」

豆のスープを口に運んだあと話を振ってきたのはレオナルトだ。口調こそ普段通りだが内容は深刻なものだ。

「いつスタンピードが起こってもおかしくないようね。原因はいったいなんなのかしら」

「聞いた話だと東部軍が原因を調査するために未開発地帯に向かったんだけど、強力なモンスターに阻《はば》まれて命からがら逃げ帰ってきたそうだぜ。収穫なしだってよ」

誰もが事態を把握できないことを深刻に捉える中、ウィリアムは気まずそうに目を伏せてスープを啜《すす》っている。

『どうしたんですかウィリアムさん、なんだか浮かない顔をしているようですが』

（原因がわかっているのに、みんなに伝えられないのは少し心苦しいっていうか）

『なら助けますか？』

（いいや、俺を見下してきたやつらのためにそこまでの義理はねえよ。それに俺でもけっこうな数を倒せるくらいだから、あいつらが手を焼くような相手じゃないだろ）

『…………………』

（急に黙ってどうしたんだよ、もしかして東部にはとんでもない数のモンスターがいるってことなのか？）

『間違いではないと思います。もしかすると……ここ最近のウィリアムさんの貢献がなければ東部はすでに崩壊していたかもしれません』

（そんなことあるわけないだろ、なに言ってるんだお前）

最近レインが真顔で奇妙なことを口にしており、ウィリアムの新たな悩みの種となりつつあった。やたらウィリアムを過大評価するという、セシリーたちと同じ病気に感染するはずはないのだが。

「どうかしたの？」

「な、なんでもない。そ、そんなことより……こんな大事な話になんで俺なんかを交ぜるんだよ？」

「妙なことを訊《き》いてくるんだな。東部でなにかあれば対応しなければならないのはみんな同じだろう。事前に情報を共有しておいて損をすることはない」

「いや、お前たちはそうだけど俺が知ったところでどうにかなるものじゃないだろ」

「どうして意味がないと思うの？　わたしたちなんかよりむしろあなたが知っておくべき事柄でしょう」

「そうだぜ。いざっていうとき一番頼りになるのはお前だろ」

「俺が？　みんなでどうしてわけのわかんないことを言っているんだよ。俺にそんな力があるわけないだろ」

怪訝《けげん》そうな顔でレオナルトがセシリーたちに尋ねる。

「どういうことだ？」

「いつものやつでしょ」

「いつものやつ？」

「どういうわけだか知らねえがお前には実力を隠さないといけない事情があるんだよな」

「いや、いつも言ってるけどそうじゃなくて――」

「なあウィリアム、今日は久しぶりに授業に出て俺たちと一緒にモンスターの討伐をしないか。東部の情勢が不穏ないま、お前の実力を正確に把握しておきたいんだ」

「気持ち悪いことを言うなよ、そんなもんパスに決まってんだろ」

付き合っていられないとばかりにウィリアムが椅子から腰を上げようとした矢先、不意にセシリーから腕を摑《つか》まれた。

「ねえウィル、本当はまだ約束のことを覚えているんじゃないの？　だから人知れずあのとんでもない実力を身につけたんじゃないの？」

「そ、そんなことを俺がしようとするわけないだろ。俺は最弱兵器だぞ」

「でも、それなら力を付ける理由は――」

「そ、そもそも約束のことなんか覚えてないって言ってるだろ。お、お前もいつまでも縛られるのはやめたらどうだ？」

どこか落胆したようにセシリーが手を離したことに罪悪感を覚えるも、ウィリアムは気づかない振りを決め込み平気な顔をする。

世の中にはどうにもならないことがある。

無能の身にはどうしようもないことがある。

結果としてウィリアムは魔力に覚醒したが、いまから足掻《あが》いたところでセシリーには追いつけず、ましてや世界最強など夢のまた夢だろう。

「俺より実力が上のお前たちが俺のことを心配してくれるのはありがたいけどさ、日中はどうしても外せない用事があるんだ。つーわけで俺は抜けさせてもらうぞ」

ウィリアムは逃げるように食堂を後にした。

朝食後、イステリアの北東にて。

セシリーはクラスメートたちとともに大樹海が望める距離にまで接近していた。

モンスター討伐の授業とはいえ、普段にも増して危険地帯と化した大樹海に侵入する予定はない。外縁部ですら強力なモンスターがうじゃうじゃいるという情報であり、学園生では手も足も出ないようなモンスターも少なくないことは想像がつくからだ。

周辺の警戒をクラスメートたちに任せ、より危険な大樹海のほうにセシリーは注意を向けていた。そんな彼女の傍《かたわ》らには最近親しくなったレオナルトとゼスがいた。

「またウィルに断られたわね。授業をサボってなにをしているのかしら？」

セシリーの脳裏に浮かぶのは、食堂でのウィリアムとの一件だ。

「わからん。だが怪我は嘘《うそ》だ。あいつはグリフォンとの戦いで傷一つ負っていなかった」

「俺だったら遊び歩いているところだけど、そんな風にも見えないから不思議なんだよな」

誰も心当たりがない中、セシリーがおもむろに口を開く。

「ねえここ最近のウィルなんだけど、大分体が引き締まってきたんじゃないかしら？」

「あっ、それ俺も思った。服の上からじゃわかりづらいと思うんだけど、よく気づいたなセシリーちゃん。俺はこの前一緒に風呂《ふろ》に入ったときに気づいたんだけど、なにがあったんだってぐらい体が鍛えられてたぜ。ありゃ見せかけの筋肉じゃなくて実戦向きの鍛え方だ」

「体が鍛えられてきたのはいつ頃ぐらいかわかる？」

「さあな。正確にはわからないけど実技試験のあとくらいからじゃないか」

ゼスから有力な情報が得られたことで、セシリーは顎に手を当て考えこむ。

「どうしたんだよセシリーちゃん？」

「わたしはここ最近になってウィルが大きく変化しているような気がするの。肉体だけじゃなくて、ウィルの気質もこの短期間で激変していると思うわ。学園でわたしと再会してすぐの頃はまだどこかおどおどしていたけど、この前グリフォンと戦ったときはすごく堂々としていたわ」

学園に編入して以来、セシリーはウィリアムの変化に着目していた。実技試験でウィリアムが披露した、まるで魔導士としての極致に至ったような技の数々に誰よりも魅せられていたからだ。

そしてウィリアムが強くなった秘訣《ひけつ》について真剣に考えていた。

「ねえずっとひっかかっていることがあるんだけど、ウィルが実技試験の日に魔力に覚醒したって話が本当だとしたらどう思う？」

「どういう意味だ？」

「じつは気になって調べてみたんだけど、ウィルがずっと前から魔力に覚醒していたと知っている人は学園には誰もいなかったわ。あれだけの実力を身につけるには長年鍛錬をする必要があるから、目撃者の一人や二人いたって不自然じゃないはずなのに」

「ちょっと待ってくれ、まさかウィリアムが本当に実技試験の日に魔力に覚醒したとでも言いたいのか。俺は実技試験の現場にはいなかったが、覚醒したての素人《しろうと》が高度な魔術を連発するなんて与太話を信じるわけがないだろう」

レオナルトには一蹴されたが、ゼスは神妙な顔をしていた。

「な、なあウィリアムの実力については俺も考えたことがあるんだ。実技試験の日に俺はこの目で直接ウィリアムの動きを見て、とんでもない修行を経た動きに見えたから、ウィリアムがあの日魔力に覚醒したのは嘘だって思ったんだよ」

ゼスがどこか自信なさそうに言う。

「そのとき魔術で確かめたんだけど、あいつは嘘をついていなかった。意味がわからないと思うんだけど、あいつと一緒に学園生活を送ってきた俺からすれば、実技試験の日になんの前触れもなくウィリアムが変わったとしか思えないんだ」

「なにが言いたいんだ?」

この段階になってもわからないレオナルトに、セシリーが声に出して尋ねる。

「おかしなことを訊くようだけど、魔力に覚醒した直後からまるで大魔導士のような動きをするだなんて、そんなことあり得ると思う?」

「普通は思わないだろう。まさか俺が間違っていると言いたいのか?」

ありえないだろう、と続く言葉に反論する者はいなかった。

常識的に判断すればレオナルトの考えは正しい。だが、編入以来ずっとウィリアムの強さの秘密を考えてきたセシリーには他に正解があると思えてならないのだ。

「わたしの知る限りウィルは意味もなく嘘をつくような性格じゃないわ。それに、実家から追放されて国中から無能扱《あつか》いされてまで実力を隠すようなことはありえないわ」

「なら、あいつの実力はどういうことなんだ？」

レオナルトから問われ、セシリーは難しい顔をする。

「わからないわ。でも、ウィルになにか秘密があるのは間違いないと思う。ウィルはそのことを隠そうとしているようだけどどこか歪《いびつ》なのよ。そのせいで、スタンピードを警戒して情報を共有しようとしているわたしたちと会話が噛《か》み合《あ》わないと思うの。漠然としていてはっきりと言えないけれど、ウィルにはなにかが足りないのよ」

そんなとき、大樹海の外縁を警戒していたセシリーの瞳に樹々《きぎ》の合間を駆け抜けていくウィリアムの姿が一瞬だけ映った。

「えっ⁉」

「急に声を上げてどうしたんだよ？」

「ウィ、ウィルがいたわっ⁉　だ、大樹海の中に入って行ったみたいっ⁉」

「なんだと、それは本当かっ！？」

「あいつ、いったいなにを考えているんだよっ⁉」

二人が嘆いた直後、セシリーは自分が背負っていた背嚢《はいのう》をすぐさまゼスに預けて身軽になる。

「なにをするつもりだ？」

「ウィルのことを調べてくる、今日の授業は休むって伝えておいて」

慌てたゼスが呼びとめてくる。

「お、おい。そりゃどういうことだよ？」

「ウィルの強さの秘訣は授業をサボってどこかで過ごしている時間帯にあるのは間違いないと思う」

考えたところでわからないなら直接調べればいい、という結論にセシリーは至ったが、それを聞いてゼスは難しい顔をする。

「だけどそいつは……」

「マナー違反なのはわかっているわ、わたしも魔導士が手の内を隠すのは当然だと考えてる。でも東部でいま以上の問題が起こったとき、わたしたちにはウィルの力が必要になると思う。だからいま知っておかなければならないの」

東部では通常のモンスターより明らかに強くなっている例外個体が確認されており、それは学園関係者や王国軍兵士でも苦戦が必至なため、現場ではセシリーを筆頭とする一部の高位魔導士のみが対応している。

そして現場で頼りにされるセシリーは例外個体が日に日に強くなっていくのを誰よりもはっきりと感じ頭を抱えていた。例外個体の成長速度がセシリーの予想通りなら、近日中にセシリーの手には負えない災厄に見舞われる可能性があった。

「本当の実力を見定めておかないと、とり返しのつかないことになるような気がするわ」

イステリアの北東、大樹海外縁部にて。

「そういえば昨日、学園生たちと遭遇する可能性は減らしておきたかったたって言ってたけどなにか問題でもあるのか？」

『ちっ、聞こえていたのか。それはこちらの事情だからお前には関係ない。そんなことよりお前、なんでそんなやる気のない顔をしているんだっ⁉』

まるで魂でも抜けたような締まりのない顔でウィリアムはふわぁーと欠伸《あくび》をする。

「そんなことを言われてもしかたないだろ。毎日無理やり死線を潜《くぐ》らされ続けてるんだから、やる気が保《も》つわけないじゃんか。成長とやる気ってのはトレードオフなんだよ。魔石を吸収することで俺の魔力量は増えたけど、その分やる気は急降下したんだ」

おまけと言わんばかりにウィリアムは再びふぁーと欠伸を漏らした。

『なにがトレードオフだっ⁉　そんなものは気合でなんとかしろっ⁉』

「だから気合じゃどうにもならないって言ってるんだよ。いまどき精神論なんて古いだろ。今日はもう切り上げてベッドで寝て過ごしたっていいじゃんか」

そう言ってウィリアムはその場に大の字で倒れ、やる気スイッチでも切れたようにその場から動かなくなった。

『まだ昼にもなっていないのになにわけのわからないことを言っているんだ。とっとと起きろ、うだうだ文句を言っているとぶっ飛ばすぞ小僧』

『お、落ち着いてくださいイリス様っ⁉　ウィリアムさんはそういう性格なんですっ⁉　これは病気のようなものなんですっ⁉』

『むぅ～～～～～っ⁉　だ、だがこのままでは……』

『そ、その……あ、安心してくださいっ⁉　ソフィア様とミオ様も同じような事態に遭遇して適切に対処しています。その……か、解決方法がありますっ⁉』

『なんだ対処法があるのか。どうやったらいいのか教えてくれ』

『え、えーっと、そ、それはですね……』

どこかもじもじしたレインは躊躇《ちゅうちょ》しながらイリスに囁《ささや》く。

『な、なにっ⁉　そ、それは本当かっ⁉』

レインがこくりと頷《うなず》いたあと、なぜか顔を真っ赤にして実体化したイリスはウィリアムのもとに近づき、おもむろに背中に手をやった。その後顔を逸《そ》らしながら脱ぎたてのブラジャーをウィリアムにみせてくる。

「ほ、ほら、こ、これがほしいんだろうっ⁉　こ、このヘンタイめっ⁉」

「な、なんでそんな話になっているんだよっ⁉　っていうかいらねえよそんなものっ⁉」

「な、なにをするんだっ⁉　せ、せっかくのご褒美《ほうび》なんだぞっ⁉」

こいつ、俺を社会的に抹殺しようとしているのかっ⁉

戦慄したウィリアムは慌ててこの日の修行を始めた。

「おい、ただ見てるんじゃなくて師匠だったらなにか教えたらどうなんだ」

地上で暴れていた巨大な黒い怪鳥――ガルダの喉元を騎士剣で貫いたあとウィリアムは呪詛《じゅそ》を施して以来傍観しているイリスに顔を向けた。

《修羅》が始まって六日目ともなるとすでに十分に力がついてきたようで、神力の影響で狂暴になり日に日に強くなっている例外個体に襲来されても苦ではなかった。

『たしかに多少は力をつけてきたようだな。ちょうどわたしもお前に力の使い方を教えようと思っていたところだ』

その折、匂いに釣られたサイクロプスが現れてこちらに肉薄しようとする。

「ふんっ、ちょうどいいな」

この日二度目の実体化をしたイリスは虚空《こくう》から黒い騎士剣を取りだす。

「小僧、お前は《修羅》を経て増大した魔力を体に余らせた状態だ。増えた魔力を活《い》かす技が欠如しているからわたしの魔剣を伝授してやろう」

「魔剣？　もしかして魔剣技のことか？」

「そういえばお前はものを知らないんだったな。魔剣技の中でも一撃必殺かつ初見殺しの、特に理不尽な一撃を魔剣と呼ぶんだ」

「とにかくヤバい一撃ってことか」

「大雑把に言えばそんなところだ。いいか、一度しか見せないからよく見ておくんだぞ」

「ま、役に立ちそうだったら覚えてやるよ」

啖呵《たんか》を切ったウィリアムは見に撤する。

イリスの魔剣とやらはきっと強力な技なのだろうが、ソフィア、ミオと立て続けに千年前の英霊が持つ段違いの力を目撃していたウィリアムは大抵のことでは驚かない自信があった。

サイクロプスに向き直ったイリスは自らの剣にうっすらと黒いオーラのようなものを纏《まと》わせ始めた。空間そのものを歪《ゆが》ませてしまいそうな完全な闇がそこに広がっている。実技試験で【ブリザード・ブラッサム】を打ち破ったのと同じ力だ。

「な、なんだよその力はっ⁉」

あのときセシリーがなぜああも脅《おび》えていたか、いまならその凄《すさ》まじさがウィリアムにもわかる。

「お前の体にある魔力をわたしの施した呪詛にできる限り集めて圧縮させたあと、全てを剣に宿らせろ。それによって生み出せるのがこの魔剣【断罪の剣《ジャッジメント・ソード》】だ」

異常に気づいたサイクロプスが慌てて距離を取ろうとしたが、すでに手遅れだった。イリスはその場から動くことなく無造作に黒い剣を振るった。本来であれば斬撃などが絶対に届くはずのない間合いだ。

しかし、ウィリアムは届くと思った。

不思議とそう確信できた。

その直後、黒い光の奔流が駆け抜け、サイクロプスは像がズレたかのように斬り裂かれその場に崩れ去った。

一撃必殺のこれを形容するならばまさに暴力、まさに理不尽。千年前の英霊たちが規格外であることは理解していたが今回の一撃は想定を遥《はる》かに上回っていた。

『かなり手加減してもこの威力だ、全力を出すと辺り一帯を吹き飛ばしてしまう。さてお前にはこれを覚えてもらうぞ』

「い、いまのを俺がっ⁉」

実体化を解除したイリスの前で、ウィリアムは難しそうな表情を浮かべる。

「いまさらだけどさ、こんなやたらめったら破壊できそうな魔剣を俺なんかが習得しちまっていいのか？」

『なにか問題があるのか？』

「使い方次第じゃその……危険すぎるだろ。俺の身に余る力なんじゃないのか」

『なるほど、お前は強すぎる力が身を滅ぼすのではないかと危惧しているんだな。だが、間違っているぞ。魔導士がただの人間と同じ基準で物事を語るな』

「どういう意味だよ？」

『勘違いしているようだが、そもそもわたしたちは魔導士を普通の人間と同一視していない。その気になれば街ひとつ軽々吹き飛ばしたり、三日三晩寝ずに戦い続けられる生き物に進化していくのが魔導士だ。普通の人間と同じ感覚のままでいるほうが危険だ』

「ふーん、魔導士ってそんなに強くなれるやつもいるのか」

『他人事《ひとごと》だという顔をしているな。たしかにお前は最弱兵器としてずっと侮《あなど》られてきたから自信がないのは理解できる。だが、強くなった自分をイメージできないのは未熟者である証拠だぞ』

「叱られているのはわかるけどさ、俺が未熟なことは自分でもわかってるぞ」

『むぅ、そうだったな』

なぜか不満があるようにイリスが顔を歪めた。

『まあいい、とにかくお前は魔剣を習得することだけを考えろ。強い力を手に入れた責任や義務は習得したあとで考えればいい』

「ま、難しいことを考えるのは面倒だからそうするよ」

早速取り組もうとするウィリアムの背後からイリスの声が聞こえてくる。

『肝心なのはわたしの呪詛に力を集めてそれを制御することだ。荒ぶる力に呑《の》みこまれるなよ』

「へいへい、気をつけるよ」

アドバイスをもらったところで、ウィリアムは目を閉じて意識を集中する。

思い出せ、あの感覚を！

掴《つか》み取《と》れ、あいつのイメージを！

この体で発現されたことなら、才能のない俺にだってきっとできるはずだっ！

その後開眼したウィリアムは実戦を通じて魔剣を発現するためにひたすら挑戦し続けた。

こんな感じか。

呪詛に力を集めたはいいものの、生じた黒いオーラを騎士剣に宿しきれなかった。

いや、もっと洗練《せんれん》させないと。

今度は黒いオーラが騎士剣に宿り始めた。

黒いオーラを定着させた騎士剣でモンスターを斬ってみる。普通の斬撃と大差なかった。

失敗だ。

違う、イリスのオーラはこんなものじゃない。もっと鋭かった。

挑戦し、失敗し、反省し、再《ふたた》び挑戦する。

過酷な二つの修行を突破してきたウィリアムは当然のようにそのプロセスに没頭する。

なら、こうか。いや、違う。こうだ。いや、これも違う。これならどうだ。これはさっきより上手《うま》くいった。でも、オーラの量が少ない。剣全体に漲《みなぎ》らせるにはもっと溜《た》めないといけない。ちっ、溜めすぎた。溜めすぎると制御が効きづらくなる。よし、今度はタイミングがあった。でも、オーラの展開速度が遅い。もっと早くしないと実戦じゃ通用しない。もっと早く、もっと鋭く。もっと、もっと、もっとだ——。

もとより魔力を余らせていたウィリアムは体力の許す限り続々と押し寄せてくるモンスターに魔剣を試し続ける。いつの間にか息が上がって全身汗だくになっており、樹々《きぎ》の切れ間から見える太陽が高く上がっていた。

その直後、ウィリアムは全てが調《ととの》ったと確信する。

刹那、初めて形になった【断罪の剣《ジャッジメント・ソード》】がミノタウロスを飴《あめ》細工のように斬り裂いた。

『まだ昼時なのにもう完成したのか』

見守るイリスが畏敬の念すら抱きかけたとき、倒れたミノタウロスの傍《そば》に人がいることにウィリアムは気づく。

「あれは？」


「な、なにが起こったのっ⁉」

像が斜めにズレたようにミノタウロスが倒れたとき、その傍には腰を抜かして驚く少女の姿があった。聞きなれた声にウィリアムが慌てて駆け寄っていく。

「まさかセシリーか。どうしてこんなところにいるんだよ？」

「授業を休んでいるはずのあなたが大樹海に入っていくのが見えたから、気になって追いかけてきたのよ。でも途中で見失って大樹海の中を彷徨《さまよ》うことになったわ。そんなときにミノタウロスに遭遇して、やり過ごそうとしていたらこうして見つけたの」

「ふーん、そりゃ大変だったな。森の中じゃ俺を捜すのも大変だっただろ。ここはモンスターも多いからな」

倒れているセシリーに手を貸して、ウィリアムは優しく引き起こす。当のセシリーは埃《ほこり》を払いながら、今日の狩場に散らばるモンスターの死骸を見つけて目を瞠《みは》っていた。

「ねえウィル、あなたがこれをやったの？」

「ああ。そうだけど」

「ほ、本当なのっ⁉　嘘《うそ》をついていたら大問題になるわよっ⁉」

「本当だって、この程度のことでいちいち嘘はつかねえよ」

「ほ、本当にあなたがやったの？」

「そんなに疑うようなことじゃないだろ。いくら最弱兵器だってこれぐらいのモンスターなら倒せるって」

「これぐらいって……。あなた、自分のしたことが本当にわかっていないの？」

何度も確認を求められるが、ウィリアムからすればなぜ疑われるのか理解できない。

はあー、なんて答えればいいんだよまったく。

ふと右手につけた超越の指輪が目に入った。この指輪を手に入れてからずっとこれだ、とウィリアムは苦々しく思う。

『ウィリアムさん、セシリーさんのお話を真剣に聞いてあげてください』

(おいおい、お前までこの勘違いに付き合えっていうのか?)

『勘違いでなかったらどうしますか?』

(そんなわけないだろ)

呆《あき》れた様子でレインを見ると、レインはまるでこれから戦場に臨むかのように真剣な顔をしていた。

(どうしたんだよ、そんなに怖い顔をして?)

尋ねたがレインからの返事はなかった。無視されたと思ったウィリアムはさして気に留《と》めずセシリーに視線を戻すと、そこで思いも寄らぬ事態に遭遇する。

レインに引けを取らぬほど緊迫した表情でセシリーがこちらを見つめてきていた。

「あなたは間違いなく学園の中で、いえ、この国の中でトップクラスの魔導士よ」

「そんなわけないだろ。なにわけのわからないことを言ってるんだよ?」

「誇張やお世辞なんかじゃないわ。わたしの見立てではあなたはもう宮廷魔導士以上の実

力を兼ね備えているの」

「はいはい、からかうのはよせよ」

「とぼけないで、なぜそうまでして真の実力を隠そうとするの？」

「隠してないっていつも言ってるだろ。お前さ、人をおちょくるのも大概にしろよ。俺が強いと勘違いして強力なモンスターと戦ったらどうするつもりなんだ？」

「強力なモンスターって……」

セシリーは躊躇《ためら》うように少し間を空けたあと微《かす》かに唇を震わせる。

「まさか本当に自分が強者だと気づいていないの？」

直後、これまで静かだった森の中を得体の知れない風が吹き抜けたように樹々がざわめいた。ただし、それが本当に得体の知れない風だったのかはウィリアムには判断がつかなかった。なぜならウィリアム自身が酷《ひど》くざわつく感覚に囚《とら》われていたからだ。

どうしてだかわからないが、自分がなにか致命的な勘違いをしているような気がしてならなかった。だが、突然の出来事に理解が追いつかずどう答えていいのかもわからない。

ウィリアムが沈黙せざるを得なかったとき、いつの間にか近寄っていたイリスの声が聞こえてくる。

『大事な話がある。ウィリアム、すまないが時間をとってほしい』

（なんだよ名前で呼ぶなんて――）

気味が悪いな、と言いかけ、振り向いたウィリアムは念話を止めた。

振り向いた先にいたイリスが一瞬別人に見えてしまったからだ。

イリスから発せられる重々しい雰囲気は、拙《つたな》い人生経験しかないウィリアムにもわかるほど強烈なものだった。

「わるい。急用が入ったからこれまでだ。気をつけて帰れよ」

「ちょ、ちょっとまだ話の途中よっ⁉　ま、待ちなさいっ⁉」

「お前が俺のことを名前で呼ぶなんていったいどういう風の吹き回しだ？」

面と向かい合ったとき先に口を開いたのはウィリアムだった。

『お前はもう小僧ではないから名前で呼んだんだ』

イリスが重々しい気配を発していたことにウィリアムは気づけていたが、その気配の正体が覚悟の重みであることまでは見抜けていなかった。

嫌なことから逃げ続けてきたので、覚悟を決めてなにかに取り組んだという経験がウィリアムにはない。すなわち、これからされる話の重大さをウィリアムはまるでわかっていなかった。

『正直に言おう、わたしたちはお前のことを騙《だま》していた』

「騙す？」

『ああ、お前は誓約によってわたしたちの弟子となるように縛られていると考えているようだが、本当は誓約の魔術など使用していない。あれは嘘だ。お前が望むのであればこのままわたしたちのもとを離れ一般人になることができる』

「なっ⁉　なんでそんな大事なことを黙ってたんだよっ⁉」

『本当のことを言ったら、性格が災いしてお前は途中で強くなることをやめると考えていたからだ。お前は苦労してまで強くなろうとしていなかったようだからな』

「当たり前だろ。最弱兵器が高望みするなんておかしいじゃないか」

『高望みか』

「なにかおかしいことを言ったか。俺の才能は自分が一番よくわかってるよ。できることとできないことの区別ぐらいついているぞ」

ウィリアムから視線を外したイリスはふと空を見上げる。

『お前の実力はもうこの国の中でもトップクラスだ。お前のことを最弱兵器と馬鹿にしてきた連中に片っ端からやり返すことができる』

「な、なんだってっ!?」

驚かされてばかりのウィリアムが声を荒らげる。

「お前さっきからとんでもないことばかり言ってるぞ。またなにか俺を騙すための嘘をついているんじゃないだろうな」

『真剣な話し合いの場だ。わたしの誇りにかけてこの場で嘘は言わない』

「じゃ、じゃあ……」

俺は本当に強いのか。

突然の通告に困惑すると同時に腑《ふ》に落ちることが幾つかあった。ゼスやレオナルトがなぜか自分に関心を持っていた件、そして幼《おさな》馴染《なじみ》であり天才魔導士でもあるセシリーが事ある毎に気にかけてきた件もそのひとつだ。

なら、これまであいつらが言ってきたのは全部本当のことだったのか。

『ところでお前は本当に強くなりたくなかったのか?』

「あのなあ、まさかお前の目にはそんな風に見えたって言いたいのか」

『ああ、わたしが見た限りでは強さを求めていたようには見えなかった。だが、お前が素直に自分の言いたいことを口にしているようにも見えなかった。わたしは断片的な情報しか知らないが、お前が無能扱いされながらも学園に通い続けたのは、強くなることを諦めきれない想《おも》いがあったからなんじゃないか』

その指摘を、ウィリアムは否定することができなかった。

学園に通い続けたのは半ば惰性であったとは思う。いや、惰性がほぼ全てを占めていた。しかし、イリスに指摘されたような想いはなかったかというとそうではないのだ。たまに、本当にたまにだが自分に力があったらいいと思っていた。

すなわち、ウィリアムはこの国最高峰の魔導学園という舞台で奇跡が起こる可能性に縋《すが》っていたのだ。その可能性はほんの僅かであった、いや、もしかしたらゼロだったかもしれないが、結果として——奇跡は起こった。

だからウィリアムはいまここにいる。

『ならいまのお前はどうだ？　お前はすでに最弱兵器ではなくなっている。学園では友人ができ、お前のことを気にかけてくれる仲間もいる。その者たちはお前にとってどのような存在なんだ？』

「さあな、そんなこと考えたこともないからわからねえよ」

『言い方を変えよう。お前にとってその者たちはどうでもいい存在なのか？』

「どうしてわけのわからないことばかり質問するんだよ？」

本当にどう答えていいかわからなかった。国中の人間がこれまで自分のことを最弱兵器と蔑んできたのだ。セシリーたちのことを友達だと思う反面、力がなければ相手にもされなかったんだろうな、という考えが頭から離れない。なによりもイリスの質問の意図がわからなかった。

しかし、イリスが発した次の言葉でそんなものは全て吹き飛んだ。

『お前に僅かでも思うところがあるのなら覚醒者たちを倒すために力を貸してほしい。お前が立ち上がらなければこの東部一帯が、いや、最終的にはこの世界が滅ぶことになる』

「まさかお前、そんなことのためにあいつらのことを訊《き》いたのかっ⁉」

怒りと屈辱に支配されたウィリアムは眦《まなじり》を吊《つ》りあげて怒鳴っていた。

自分にとっての葛藤は、イリスにとっての覚醒者と戦うための動機付けのひとつにすぎないことに納得できなかった。そんな発言を受け入れられるわけがない。

イリスは大人であり、ウィリアムは子供なのだ。ウィリアムの些細《ささい》な葛藤など世界の安《あん》寧《ねい》と比べる由《よし》もないという道理など弁《わきま》えているはずもなかった。

「ふざけるな、勝手なことばかり言ってっ⁉　お前たちの都合で騙しておいてなにが一緒に戦えだ、そんな相手信じられるかっ⁉　なんで俺がこの国のやつらのことを気にかけてやらなくちゃならないっ⁉」

国中から蔑まれて平気でいられる人間などいない。それでもウィリアムはずっと耐えてきたのだ。魔力がないという生来の体質でずっと傷ついていたのだ。当初はなんとかしようと努力はした。しかし結果がついてこなかった。

やがて多くの人がウィリアムを嗤《わら》い始めた。しまいには国中の誰もが、味方であるはずの家族すらも、ウィリアムを嘲笑《あざわら》った。必死の努力を嘲笑されて耐えられる人間などいはしない。そして、どうしようもなくなったから心に蓋をして努力することをやめた。

怠惰に徹して何もしないことで、蔑まれることを肯定できるようになった。

堕落した自分を受け入れることで、努力しないことを肯定できるようになった。

一生見下され続けるという生き地獄から逃れるために、そうならざるを得なかったのだ。

「俺のことをずっと能無し扱いしてきたやつらなんか、どうだっていいに決まってんだろっ‼」

本音を口にしたはずなのに心が痛かった。その理由がウィリアムにはわからなかった。

『ウィリアムさんっ⁉』

『かまわない、好きなようにさせてやれ』

『ですがっ⁉』

『もともと無理なお願いをしていたのはわたしたちだ。そのことに憤《いきどお》りを覚えるのは筋が通っている』

　なにか言おうとするレインをイリスが制止していたが、憤慨したウィリアムにはそんなことはどうでもよかった。

「もう俺に関わるなっ！　お前たちのことなんか知ったことじゃねえっ！」

『最後にひとつだけ訊きたいことがある。その決断でお前は満足なのか？』

　自分の決断で周囲の人間が危険に晒《さら》されるのはわかっている。これまで溜《た》め込んできたやり場のない怒りをぶつけただけだというのもわかっている。

　だが、弱い自分をイリスの前に晒したくないという感情が全てに勝った。

「あ、ああ。満足だね」

　宿舎に帰ったウィリアムは目についた荷物を手当たり次第に背嚢《はいのう》に詰めて、覚醒者の儀式場となった東部をあとにしようとする。

　建物を出たとき、この日の課業を終えて戻ってきたセシリーたちと鉢合わせした。

「おい、そんな荷物抱えてどこへ行くんだよ？」

　真っ先に声をかけてきたのはゼスだった。

「東部は危険だから王都に帰るんだ」

「いきなりなにを言ってるんだ？」

怪訝《けげん》そうに顔を顰《しか》めるゼスを無視して通ろうとすると、レオナルトが立ち塞がってきた。

「東部の情勢はかなり不安定だ。お前ほどの魔導士がいまこの場を離れていいわけがないだろう。お前がいなくなったら誰が東部の人々を守るというんだ？」

「俺にとってどうでもいいやつらのことなんか知ったことじゃないだろ」

「無辜《むこ》の民を見捨てていいわけがないだろう。お前、魔導士の誇りをどこにやった？」

「そんなもんあるわけねえだろ、お前たちだって俺のことを最弱兵器だってずっと馬鹿にしてきたじゃねえか」

声に出す度に胸が痛むがウィリアムは吐き出さずにはいられなかった。

「俺に使い道があるとわかったとたん掌《てのひら》を返してくる連中のことなんて知ったことか」

「俺たちがそんな理由でお前と仲良くしていると思っているのか？」

「違うのかよ。お前が、いや、この学園のやつらがついこの間まで俺のことをどう扱っていたか知らなかったとは言わせねえぞ」

「そ、それは……。だ、だがいまお前がいなくなっては東部の民が……」

狼狽《うろた》えるレオナルトの脇をウィリアムは通り抜けた。

「本気なの？」

最後に立ち塞がったのはセシリーだった。悲しそうな目を向けられた瞬間、ウィリアムは目を合わせていられず顔を俯《うつむ》けた。

セシリーを傷つけるような真似《まね》をしている自分が惨《みじ》めだと思ったからだ。

「あ、ああ。そうだよ、なにか文句でもあるのか」

それでもウィリアムの戦う理由にはならなかった。

しばしの沈黙の後、セシリーが首肯した。

「……わかったわ。ウィルの言っていることは筋が通っていると思う」

「お、おいっ⁉　それは――」

食い下がろうとするゼスに、セシリーは小さく首を横に振る。

「わたしは学園でウィルがどう扱われていたかは知らないけど、それ以前の――実家でのウィルの扱いを知っている。どんなに努力をしたところで魔力がないという一点で一切認められず、誰からも虐《しいた》げられてきたことを知っているの。そんな状況を作り上げてきたわたしたちがいまさらどの面下げてウィルにお願いするというの」

「だが、ウィリアムはすでに力を持ってしまっているんだ。なら頼むしかないだろう」

「頼む資格がわたしたちにはないと言っているのよ。これまでウィルを見下してきて、それで急にウィルが強くなったから今度は自分たちのために命を懸けて戦えなんてどんな道理があって口にできるの。ウィルに頼めるのは最弱兵器として虐げられてきたウィルのことを魔導士としてずっと信じてきた人だけよ」

ウィリアムはセシリーから無能だと見下された経験はない。だが、それはウィリアムのことを見下したことがないというだけで、対等な相手として認めていたという意味ではなかった。

「ウィル、訊きたいことがあるわ」

「な、なんだよ?」

「あなたに負けて以来わたしはあなたより強くなることを目標に励んできた。あなたはいったい何を目標にしてそれだけの強さを身につけたの?」

「目標って言われても……そんなものなんかねえよ」

訊《たず》ねられる理由がウィリアムにはわからなかった。

「やっぱりそうなのね、ようやく合点《がてん》がいったわ。あなたはまるで強いだけの子供ね」

ウィリアムにはセシリーが全てを悟ったように見えた。

「あの日、圧倒的な強さで倒されたわたしはあなたの力に魅せられた。でも、不思議に思ったことがあるの。あなたの強さには執念や誇りといった重みを感じなかったわ。本来なら力を得るために修行する過程で精神も鍛えられるはずだけど、あなたにはそれがないの。まるでどこからか仮初《かりそ》めの力でも手に入れてきたように、実力と精神があまりに不釣り合いなのよ」

核心を突く指摘にウィリアムは返す言葉もなかった。蚊帳《かや》の外にいたセシリーが本質を見抜けたのはひたすらに魔導と向き合い続けてきたからだろう。

「いまのあなたにはわたしがどれだけ魔導士の矜持《きょうじ》を説いたところで通じないでしょう。ここがあなたにとって大事な場所でないなら逃げたほうがいいわ」

えっ⁉

てっきり批難されるものだと思っていたウィリアムは意外そうに目を瞠《みは》った。

「おい、ウィリアムは――」

「戦う意思のない者にこれから訪れる苦境を乗り越えることはできないわ」

唖然《あぜん》とするウィリアムの瞳には、この場の誰よりも先を見据えて一生懸命考えて行動するセシリーの姿がとても誇り高く映る。

その人がこれまで培《つちか》ってきた生き様、高潔さ、矜持――そういった肉体的な強さとは関係のない、イリスたちの修行を受けても未だ至れぬ高みである、心の強さにウィリアムは魅せられたのだ。

「これだけは覚えておいてちょうだい。あなたがどんな経緯で力を手に入れたかは知らないけど、強い力を持つ者には宿命があるわ。当人の意思や想《おも》いとは関係なく、絶対に戦わなければならない時がくる。あなたが今後も魔導士として生きるのであれば必ずそれに直面する。だから、そのときまでにあなたも自分に誇りを持てたらいいわね」

現在の情勢で儚《はかな》げに微笑《ほほえ》んでみせるセシリーの姿が、約束をしたあのときの姿と重なって見えた。いまここでセシリーと離れてはいけないような気がしてウィリアムは思わず手を伸ばそうとする。

そのとき、城壁のほうから騒々しい警鐘の音が響いてきた。

「これはっ⁉」

セシリーが驚いた様子で口にしたときには警鐘の音が都市全体に響き渡っていた。街中に危険を知らせるために各所に設けられた警鐘が呼応しているのだ。

「ちっ、やはりスタンピードが起こったかっ⁉」

額に脂汗を浮かべてレオナルトが切迫した顔をする。ゼスも同様だ。セシリーは誰よりも険しい顔でこちらを気遣ってくる。

「早く逃げなさい。もうすぐここは戦場になるわ」

有事の際の手順に従ってセシリーたちが中央広場に集まろうと駆け出すのを、ウィリアムは黙って見送った。

戦いに身を捧《ささ》げる覚悟などなかった。

五章　英霊たちの弟子

——お前に僅かでも思うところがあるのなら覚醒者たちを倒すために力を貸してほしい。

お前が立ち上がらなければこの東部一帯が、いや、最終的にはこの世界が滅ぶことになる

「そんな立派なもの、俺にあるわけないだろ」

吐き捨てたウィリアムは王都に続く街道がある西門に向かっていた。

危険なところから逃げているというのに気分は一向に晴れない。

背嚢を背負ったウィリアムが西門の前に着くと、そこは避難民と馬車でごった返していた。

衛兵が対応に難儀しておりなかなか西門に辿《たど》り着《つ》けない。

いまのウィリアムであれば門を潜《くぐ》るのではなく、城壁を飛び越えるくらいわけないのだがなぜかそんな気にはなれなかった。

「まあ最弱兵器にしてはよくやったほうだろ。ここらへんが俺の限界だよな」

自分を慰めるようにつぶやき、ウィリアムは顔を上げて西門を潜った。門の外に出たとき、目の前に立ちはだかる人がいて足を止める。そこにはここ一か月間同じ時間を過ごし

てきたレインがいた。

『ウィリアムさん、この世界を守るために立ち上がってもらえませんか？』

「深刻な顔をしてどうしたんだよ？　俺ですら対応できたレベルのモンスターが主力なんだろ、イリスたちの実力なら楽勝だろうが」

『たしかにその通りです、イリス様たちが本来の実力を発揮すれば倒せる相手でしょう』

「だったら――」

『ですが、それはあり得ません。イリス様たちでは絶対に勝てないんです』

わけがわからなかった。

「俺を引き留めたいからってテキトーなことを言うなよ。いまの話の流れだとイリスたちなら間違いなく対処できるはずだろ」

『違います、ウィリアムさんは勘違いなさっているんです。いまのイリス様たちは本来の実力をまったく発揮できません。それどころか魔術を発現できるかどうかすら怪しいといったところでしょう。ウィリアムさんはどれだけ自分が恵まれているかわかっていないんです』

「おい、お前たちはまた俺を騙《だま》す気か？」

『いいえ、これは嘘《うそ》ではありません。きちんと順序立てて説明できることです』

必死なレインが嘘をついているようには見えなかった。

『魔力は通常肉体に宿るものであることはご存じですよね』

「ああ」

『高位の術者になれば存在の次元が違いますから魂に魔力を宿すこともできます。そのためイリス様たちは平然と魔術を行使してみせました。ですが、魂に宿る魔力とはそれほど便利なものではありません。物質世界での肉体を持たないために魔力の回復速度が著しく低下します。だとすればウィリアムさんとの指導を代わる代わる行ったことで、それぞれが自分たちの保有する魔力を使いきるほど消耗していたとは考えられませんか？』

「ま、待てよ。あいつらそんなことは一言も――」

『イリス様たちはそのようなことは口にしません。わたしがこうやってウィリアムさんを説得していることすら知らないでしょう。あの方たちはあなたに全てを懸けていますから』

「な、なにを言って……」

『千年もの間、イリス様たちは自らの封印を解ける人物を待ち続けていました。その膨大な歳月の間に唯一封印を解くことができたのがウィリアムさんなんです。途方もつかないような時間の果てに現れたあなたという存在がどれほどの奇跡かは考えるまでもありません。ですから、イリス様たちがあなたに全てを託そうとするのは当然のことです』

「…………っ⁉」

よくよく考えればおかしい話だったのだ。

イリスたちがなんの気兼ねなく魔術を行使できるなら、ウィリアムのような最弱兵器を育てるなんて面倒な手間をかけずに自分たちで戦えばいいだけの話だ。それができないからこそイリスたちは最初からウィリアムに全霊を懸けて育て上げようとしてくれていた。

もっと深く考察するならウィリアムの将来を考えて、たとえ弟子になる道を選ばなくても魔導士として生きていけるように育て上げていた節すらあった。

そんな想いにウィリアムが気づけなかったのは、受け身ばかりでイリスたちと真剣に向き合ってこなかったからだ。

『いまならウィリアムさんがどれだけ特別な存在なのか理解できるのではありませんか』

「じゃ、じゃあなんでイリスは俺が戦いから逃げるのをあっさりと認めたんだ？」

『覚醒者との戦いは他人から強制《きょうせい》されたものであってはならないからです。わたしたちの時代では義務として強《し》いられるものではなく、人としての矜持と誇りを持って戦うべきものとされていました。ですから逃げる者を追ったりはしません』

――あなたも自分に誇りを持てたらいいわね

脳裏に先ほど別れたセシリーの姿が浮かんだあと、ウィリアムは己の愚かさに俯《うつむ》き拳を作って握りしめた。

「で、でもなんでいまさら俺にそんな話を……。俺は、俺は……」

『わたしには、あなたが困っている人を見捨てられるほど冷酷な人に見えないからです』

「み、見捨てられないなんて勘違いだぞ。俺は他人のことなんてどうだっていいと思って――」

顔を上げると、慈愛の眼差《まなざ》しを向けているレインが優しく微笑んだ。

『わたしはこれまでずっとあなたのことを見てきました。あなたと一緒に同じ時間を刻ませてもらいました。だからこそわかることがあります。わたしから見たウィリアムさんは本気で困っている人を見捨てられるような冷酷な人ではありません。その気になればいつでも逃げられるのにまだここに残っていたのは、後ろ髪を引かれるような想いを患《わずら》っているからなのでしょう』

「そ、それは……。で、でも俺は本当に他人のことなんて……」

『苦しくなると素直じゃなくなるんですね』

「そ、そんなことは――」

『これまでずっとあなたと一緒にいたわたしに嘘は通じません。本当はご学友のみなさんを助けたいのでしょう。ですが、これまで蔑まれてきたあなたは突然変化した自分の価値や人間関係に困惑して、助ける理由を見つけられずにいるんですよね。なら、わたしが教えて差し上げます』

「お、お前がか？」

『ええ、わたしはあの御三方と違って名の知れた英霊というわけではなく、あなたの師匠役をこれまで務めていませんでしたが、いまのわたしにはウィリアムさんが迷っている理由を理解できています。ですから、あなたを指導する資格はわたしにもあると思います』

まるで救いを求めるかのようにウィリアムは目の前の透き通るようなコバルトブルーの瞳を見つめていた。

『いまのあなたはもうわたしたちと出会う以前のあなたではありません。ですからご自分の心に誇りをお持ちになってください。大切な人を助けようという気概を無理やり隠そうとはお考えにならないでください。自らの心に従って一歩踏みだす勇気をお持ちになってくださいい。この手を取ってわたしについてきてくれませんか？』

優しく微笑んだレインが差し出してきた手を、ほんの少し躊躇《ためら》ったあとウィリアムはそっと摑《つか》んだ。

※※※

東門の外から押し寄せようとするモンスターの群れを、城壁の上からセシリーが見渡す。想定していたより遥《はる》かに規模の大きいスタンピードだった。眼下に迫ろうとするモンスターたちは間もなく城壁に達するだろう。

この手のスタンピードの場合、モンスターは足の速い順に襲ってくる。今回のスタンピードは森が起点となっているため、木々の間を縫うように素早く進めるウルフ種やゴブリン種などの小型モンスターが先陣を切っていた。

このような場合の対処法は確立されており、まずは城壁の上から一斉に攻性魔術を放って足の速い小型種の数を減らしておき後続する中大型種に備える、というのが戦いの定石《セオリー》だ。

学園生たちの護衛として同行してきた兵士たちもすでに配置についている。教師陣たちも同様だ。しかし、今回の防衛戦の主力が誰かと問われれば、事情を知る者なら誰もがセシリーの名を挙げるだろう。

これまでの東部遠征の間において、セシリーのモンスター討伐数は傑出していた。若くして王国魔導士団のひとつで副団長を務めるセシリーはモンスターの討伐経験が豊富であり、実際この場の誰よりも正確に状況を理解している。

この規模のスタンピードだと単純な防衛で守り切るのは難しいわ。どこかでわたしが突出して王を討たないとこちらが潰されるわね。もしこの場にウィルがいたら……。

ここまで考えて、セシリーは小さく首を横に振った。

いない者の話をしてもしょうがない。なによりも危険からウィリアムを遠ざけるという決断をしたのはセシリー自身だ。

「くそっ、これ程大規模なスタンピードは初めて見るな」

第一波を前に悪態をつくレオナルトをゼスが野次る。

「おいおい殿下、戦う前からもうビビったのかよ？」

「そんなわけあるか。いま俺に舐《な》めた口を利《き》いたやつはあとで王族侮辱罪でしょっぴくから覚悟しておけ」

「ひ、ひでえ。心配して鼓舞しただけなのに……」

「頼りにしているぞセシリー。俺たち学園生の集団は、お前を中心に戦略を組み立てるからな」

騎士剣を強く握りしめたセシリーは第一波を見据えている。

「ええ、任せてちょうだい」

※※※

まさか俺が自分から戻ろうとするなんてな。

どうかしていると思いながらも不思議とウィリアムに後悔はなかった。

静まり返った宿舎に入ったあと隣にいるレインの横顔を少しの間見つめる。廊下を歩き自分の部屋のドアに手をかけようとしたとき、中から話し声が聞こえていた。

『それでどうするのよ?』

『やれるだけのことをやるしかあるまい』

『そうだね。問題はいまのわたしたちにやれることがなにかという点だと思うよ。みんな、魔力はどう?』

『使える魔力は全てウィリアムのために使ったからわたしは素寒貧《すかんぴん》だ』

『あたしはちょっと回復しているけど、せいぜい二度が限界といったところね。まあこれだけの規模が相手だとあってもなくても大して変わらないけど』

『わたしは二人ほど魔力を消費していないけど、もともとの魔力量が相対的に少ないからね。せいぜい一度といったところかな』

『わかってはいたことだが戦力はかなり乏しいな。敵の策がわかっているのがせめてもの救いか。みんな承知しているとは思うが、わたしたちで王を討つぞ』

『方針自体に文句はないわ。でもこの時代の人々を囮《おとり》に使っても勝てるかどうかわからない戦いになるのが気に入らないわね』

『けれども、わたしたちがやらなくちゃいけないことなんだよね。この時代の人々に王の相手は難しいだろうから』

今後の作戦についてイリスたちの協議する声が聞こえてきた。

どんな顔をしてイリスたちに会えばいいかわからず思わずレインを見ると、彼女は優しく頷《うなず》いてくれる。背中を押されたウィリアムはゆっくりとドアを開けた。

『なぜお前がここにいる？』

『わたしがウィリアムさんを連れてきました。理由は……ここがウィリアムさんのいるべきところだからです』

咎《とが》める声は上がらなかったが、歓迎する雰囲気ではなかった。

イリスたちの厳しい視線がウィリアムに向けられる。

『何をしに来た？』

「その……戦いに来た。でも、戦場でどう動けばいいのかわからないからあんたたちの知恵を貸してほしい」

ばつが悪そうにウィリアムは答えた。

『一時の感情に流されて勘違いしているようならやめておけ。お前が臨もうとしているのは戦場だ。覚悟のない者は邪魔になるだけだ』

「逃げたいのは山々なんだけど、できない理由ができたんだ」

『ならその理由とやらを聞かせろ』

「教えてもいいけど、お前らみたいに立派なものじゃないぞ」

『かまわん。ただわたしたちがお前に協力するかどうかは理由次第だ。着飾ることなく素直な言葉で伝えるがいい』

真っすぐに向けられたイリスの視線を、ウィリアムは今度こそしっかりと受けとめる。

『わたしが説得したときにお前はこの世界の人々などどうだっていいと言った。わたしは筋が通っていると感じたからそれ以上なにも言わなかった。なのになぜお前は戦場に赴こうとするんだ？』

「正直言うと、俺はこの国の人間がどうなろうとかまいやしない。あんたたちも知っての通り魔力なしの貴族だった俺はずっと最弱兵器扱いされてきたからな。最初のうちはどうにかしようと足掻《あが》いていたけど、いつの間にか頑張ることをやめて誇りを捨てて無能であることを受け入れていた。このままじゃダメだと思ってはいたけど、だからといってなにか行動を起こそうとはしていなかったんだ」

かつての自分の姿を振り返り、ウィリアムは思う。

でもいまは違う、と。

「あんたたちと出会ってから俺は変わっていったんだ。無理やりだったけど修行した結果、俺はなにもできない最弱兵器じゃなくなっていた。さっきは突然実力があることを指摘されて困惑していたけど、力があるならやりたいことがある」

『それはなんだ？』

「俺はセシリーたちを助けたい。あいつらは俺なんかよりずっとすごいやつで、この状況で死んでいいやつじゃ……俺が死んでほしくないと思っているんだ。なんだかんだ言いながら、あいつらは最後には俺のことを信じて送り出してくれた。俺がどうにかすることで助けられるならそうしたいんだ」

『お前が行ったところでなんの手助けにもならないかもしれないぞ。強力なモンスターの前に手も足もでない可能性もあれば、すでにお前の大事な者たちが蹂躙《じゅうりん》されたあとという可能性もある。それでも行くのか？』

覚悟のない者が足手纏《あしでまと》いになるということはよくわかっている。

戦場で不慮の事態が起きることもわかっている。

それでも、

「もしここで動かなければ俺は自分で自分を許せなくなる。そういうのは嫌だ」

『ほかの人たちはどうするんだ？　お前のことをずっと軽蔑し、嫌っている連中も戦場には大勢いるぞ。その者たちのことは見捨てるのか？』

「見捨てるとか見捨てないとか以前に、どうでもいいやつらのことを考える暇なんかあるわけないだろ。俺が強いことを知ったと思ったらすぐこの状況に陥ったんだぞ」

『ならいま答えを出せ。お前の言うどうでもいいやつらを助けるのか助けないのかは大事な話だ』

突然投げかけられた難題にウィリアムは頭を抱える。

「くそっ、助けないとセシリーたち《あいつら》に嫌われるだろうな。セシリーたちを助けるついでに結果として助かるぐらいならいいんじゃないか」

『それがお前の覚悟の判断要素になるがかまわないんだな？』

「嘘《うそ》をついたってしょうがないだろ、ついさっきまでなにも知らなかった最弱兵器に高尚な理由なんてねえよ。俺が戦う理由なんてこの程度のものだ。お前らみたいに誇りなんて持ってねえし、世界を救おうなんて大それたことはこれっぽちも考えていない。だけど、俺よりも勇気のあるあいつらをむざむざ死なせたくない。助けられるなら助けたい。俺が戦う理由なんてその程度のことだ」

半ば自棄《やけ》になって叫んだのは子供の我儘《わがまま》のようなものだった。

全部言いきってからウィリアムは、やっちまった、と後悔するがもう後の祭りだ。一世一代の大演説をかましたわりに万人受けする立派な理由などはなく、大義名分で戦うイリスたちに響くものではなかっただろう。

恐る恐るイリスたちの様子を窺《うかが》うと、くすくすという笑い声が零《こぼ》れてきた。

やがて笑い声が次第に大きくなっていき、イリスたちが腹を抱えて笑い始めた。呆気《あっけ》にとられるウィリアムの前でひとしきり笑ったあと口を開く。

『まったく、わたしたちの時代では考えられない理由だな』

『ええ、千年前だったら迷いなくお断りしていたところね』

『あははは、それは違いないね』

不安そうにウィリアムが見守る中、イリスが得心顔になる。

『だが、お前が納得できるならそれでいい。戦う理由は人それぞれであり、他人に求めるものではないのだからな』

「い、いいのか？」

『わたしがいいと言っているんだからお前は素直に頷いておくがいい。そもそもわたしたちの理由も決して立派なものではなく、当時の時代背景ではありふれたものだ。この時代で生きるお前にわたしたちと同じ理由を求めてはいない。しかしお前がこれから赴こうとするのは生半可な覚悟では務まらないところだから、お前の覚悟のほどを知りたかったんだ』

ソフィアとミオが同意とばかりに頷く。

『お前は自分のことを腑抜《ふぬ》けだと考えているようだが、ここで友を見捨てられずに立ち上がれたのはお前の中にまだ誇りが残っているからだ。わたしは師としてこのことを誇りに思う。再び立ち上がると決めたのならわたしたちは全力でお前を支えてやろう』

イリスがにやりと笑いかけてくる。

『それでお前はなにをしたいんだ？』

これまでずっと怠惰だった弟子が初めて自分から師匠に教えを乞《こ》う。

「セシリーたちを助けるために王を倒したい。どうすればいいのか教えてくれ」

※※※

斉射された【ファイア・ボール】が小型モンスターの密集地帯で爆《は》ぜる。

沸《わ》き起こったモンスターの叫び声を聞きながら、地上に降りていたセシリーは混戦の中を一気に駆け抜けた。向かう先には、棍棒《こんぼう》を手に暴れる緑色の毛むくじゃらの巨人――グリーントロールの姿があった。

こちらの接近に気づいたグリーントロールが対峙《たいじ》しようと向き直ろうとした刹那、セシリーは地面を蹴り大きく跳んだ。

「はあああああああああああああっ！」

身体強化魔術でできる限り強化して、彼女は右手に持った騎士剣を全力で振り抜く。淡い燐光《りんこう》を宿した騎士剣が容赦なくグリーントロールの首を切断した。

相手に状況を悟らせぬうちに一気に決着をつける手際《てぎわ》は見事なものだった。

しかし、戦況は依然として厳しいままだ。

足の速い小型モンスターを中心とした第一波は大きな損失を出すことなく倒すことができた。だが第二波は中型の亜人型モンスターを中心としており、人の倍の体格を持ち城壁を崩せる大型の鈍器を手にした連中の相手をするために、力のある魔導士たちは壁を降りて迎撃する必要があった。

第二波襲来以降、セシリーが倒した中型モンスターの数は先ほどのグリーントロールで二十八体になる。第二波の主力の三分の一程度をセシリーが仕留めた計算だ。残りの敵は他の魔導士たちが大きな損害を出しつつもようやく倒していた。

だが、大樹海にはより体格が大きく森を抜けるのに手間取っている大型モンスターを中心とした一団が控えていることだろう。当然大型個体に追随する形の小型モンスターもあり、セシリーたちがしているのはまだ前哨戦《ぜんしょうせん》といったところだ。

しかし、すでに何度か城壁に取りつかれており、石組みの城壁はところどころ崩落しかけたりすでに破壊されていたりするところがあった。

理想を言えばいまのうちに城壁の補修をし、怪我人《けがにん》にはきちんとした治療を受けさせたいところだが、そんな余裕はなかった。息つく間もなく第三波である四足歩行の大型モンスターを中心とした一団が姿を現したからだ。

しかし、その中にもスタンピードを率いるような例外個体は見当たらなかった。

「いたか?」

「いいえ、見当たらないわ」

レオナルトから問われたセシリーは小さく首を横に振った。

これまでの経験から、このスタンピードを率いるのは強力な例外個体である、という共通認識が築かれていた。しかし、第三波にその個体が見当たらない。

「…………っ⁉　な、なんだあれはっ⁉」

怯《おび》えるレオナルトの様子に気づき、セシリーはそちらを見る。大樹海のある方角から聳《そび》え立《た》つ山のようなものがこちらに向かっていた。森の中に聳え立つその存在はよくよく見れば、鍛えられた肉体と曲刀を連想させる角を持つ巨大な獣型モンスターであることがわかる。

あれはベヘモスっ⁉　なんであんな大物がっ⁉

これまで対峙したことのない超大型モンスターの出現にセシリーが絶句した。ベヘモスはSランクモンスターであり、それが例外個体と化しているとなるとその強さは計り知れない。しかも、その傍《そば》に多数のモンスターを従えているはずだ。

「GRUUUUUUUUUUUUU――――っ！」

ベヘモスが猛々《たけだけ》しい咆哮《ほうこう》を上げる。その直後、大量のモンスターが大樹海を飛び出してこちらに向かってきた。

「おい、こっちはもう限界だぞ。みんな疲弊しちまってる」

ゼスの指摘通り、学園生たちは次第に魔力切れで動けなくなる者が増えてきた。

「しかし、まだ逃げるわけにはいかないぞ。イステリアにはまだ多くの民が残っている。それに避難民だって十分に距離を稼げていない」

指揮をするレオナルトは防衛継続が困難になりつつあることを理解するも撤退を渋った。

「だからってこのままじゃどうしようもないぜ」

戦況はどうしようもない状況に陥りつつあった。そこでセシリーは苦肉の策を口にする。

「わたしの読みでは、このスタンピードを引き起こしているのはあのベヘモスよ。あれさえ倒せばリーダーを失った群れは統率を失って瓦解《がかい》するはずよ」

「倒せるのか?」

「わからないわ。でも――」

倒すしかない。

背後に位置するイステリアを、そこにいる人々のことを想《おも》い、セシリーが騎士剣を固く握りしめる。

「もう打つ手がないのはわかるでしょう」

「わかった。頼む」

「おい、それって――」

自殺としか思えない危険な行為にゼスが抗議しようとしたが、腕を上げてレオナルトが制した。

「わたしが抜けたらこの陣地は崩れるわよ」

「覚悟の上だ。現状では勝ち目がないからな、僅かな可能性に賭けてみるしかないだろう」

こくり、とセシリーは頷《うなず》き、前方に向かって駆け出した。

「みんな、セシリーが突っ込むぞ。援護しろ」

遅れて後ろからゼスの号令が聞こえ、セシリーの進行方向上にできる限りの攻性魔術がばら撒《ま》かれていく。別の陣地からも少なくない数の攻性魔術が放たれた。

大量の魔術がモンスターを蹴散らしていくが、それでもイステリアに向かって突き進むモンスターの気勢を削《そ》ぐことは叶《かな》わない。そんな中単独で吶喊《とっかん》するセシリーはモンスターの合間を縫うようにして最短でベヘモスに突き進んでいた。

普通に倒そうとしていては他のモンスターたちに囲まれてしまう。だから、できるだけ時間をかけないように最初から全力の攻撃を仕掛けることにした。

邪魔だったゴブリンを騎士剣で斬り裂きながら、なおもセシリーは加速する。高速移動しながら切り札の【ブリザード・ブラッサム】を発現するために魔力を溜《た》めていった。

モンスターたちはイステリアを目指しているせいか、セシリーへの対応が想定よりずっと鈍かった。

行けるっ！

セシリーが確かな手応えを感じたとき、突き進むセシリーに気づいたベヘモスが不意に叫ぶ。

「GRUUUUUUUUUUUUUUUUUU――――っ！」

その直後、これまでずっとイステリアだけを目指していたモンスターたちが不意に進路を変え、セシリーに向かってきた。

まさか指示をしてっ⁉

さっとセシリーの顔から血の気が引いた直後、セシリーの体は急接近してきたジャイアントスコーピオンに衝突され、あっけなく弾《はじ》き飛《と》ばされた。

「がはっ⁉」

肺から一気に空気が絞り出された。宙を舞った後は地面に叩《たた》きつけられて、それからどのくらい時間が経過しただろうか。おそらくは数秒程度だっただろうが、セシリーはモンスターたちによって半包囲されつつあった。特に正面にモンスターが密集しており、絶対にベヘモスに辿《たど》り着《つ》かせないという強い意志を感じた。

それでも、どうにか起き上がったセシリーはベヘモスを一瞥《いちべつ》する。その巨体は思っていたよりずっと遠くにあった。間にはモンスターが密集していて辿り着けそうにない。

狙いは悪くなかった。

しかし、目標はあまりにも遠かった。

セシリーとベヘモスの間にはあまりに力の差がありすぎた。それでも挑もうとした覚悟は立派だと言えるだろう。だが、両者の間には命を懸けてでも戦うことが許されないような絶対的な壁が存在していたのだ。

激痛で体を動かせないセシリーを待ち受けたのは無情ともいえる戦場の倣《なら》いだった。

弱者は強者によって蹂躙《じゅうりん》される。

囲んできたモンスターたちはすぐに止めを刺してこなかった。代わりに身動きのできないセシリーを嬲《なぶ》っていた。身動きのできないセシリーにゴブリンが石を投げ始め、それを見たコボルトも真似《まね》をしだす。他のモンスターたちは一方的に嬲られるセシリーを嘲笑《あざわら》うように鳴き声を発している。

ここまで……なの。

意地だけで立ち上がっていたセシリーの瞼《まぶた》がいままさに閉じようとしていた。

――お前が困っているときはすごい魔導士になった俺が助けに行ってやる。だからそれまでは王都の魔導士団で真面目に訓練をして、世界で二番目に強い魔導士を目指せよ。一番は俺だからな

あの日の約束はもう果たせそうにない。

無抵抗のセシリーが倒れないのに業を煮やしたのか、調子に乗ったゴブリンが錆《さ》びた片手剣を手にして躍り出てきた。

わたしはここで死ぬ。

明確に死を意識したとき、セシリーの脳裏に浮かんだのは共に戦ったレオナルトたちのことでも蹂躙されるイステリアの人々でもなく、真っ先に逃げ出したウィリアムのことだった。

ウィルはちゃんと逃げられたかかな。

じつはウィリアムが魔導学園に入学したと聞いて、セシリーは一度だけこっそり様子を見に行ったことがある。

その際、学園でのウィリアムの扱いを見て愕然《がくぜん》とした。

学ぶ権利が保障されている学園ですら、ウィリアムは邪険に扱われていた。学園生はも

とより指導する立場の教師らも彼の努力を嘲笑っていた。そんな環境で、ウィリアムは平気な振りをしてどうにか魔力に覚醒しようとしていた。

ウィリアムが学園に通う理由にはすぐに思い当たった。

子供の頃の約束だ。

入学当初の頑張るウィリアムの姿を目撃して、いまだに約束を守ろうとしていると直感した。

だが、それから一年の間に聞こえてきたウィリアムの噂《うわさ》は芳《かんば》しいものではなかった。

もう心が折れてしまっているのではないかと思った。

これ以上ウィリアムに傷ついてほしくなかったから、もう頑張らなくていいんだよという引導を渡すために学園に来た。

でも、いまにして思えばそれは大きな思い上がりだった。

いつの間にかウィリアムは魔力に覚醒し、天才と持《も》て囃《はや》されているセシリーを遥《はる》かに凌駕《りょうが》する実力を発揮していた。それどころか、この世界では絶対に不可能だとされることを幾つもやり遂げていたのだ。

東部に向かう道中、約束を覚えていないとウィリアムは言っていた。

きっとウィリアムにしたら幼い頃の約束など些細《ささい》なことにすぎないのだろう。

むしろそんな約束に囚《とら》われて、ウィリアムに引導を渡そうなどと思い上がって学園に入学した自分が世界で一番ウィリアムを見下していたのかもしれない。

ごめんね、ウィル。

そして——いよいよ最後の刻が訪れる。

迫りくる剣を前に、死を覚悟したセシリーが目を閉じる。

剣が肉を断つ音、血液が飛び散る音が聞こえてくる。

だが、

——あれ、痛くない。

来るべきはずの痛みが無かった。

恐る恐るセシリーが目を開く。

そこには、

「絶対に目を閉じるな、意識をしっかり保てっ‼」

幼少の頃から見慣れた彼の背中があった。手にした騎士剣でゴブリンを斬り裂くあいつの姿があった。

「——なん、で」

目の前で起こったことが理解できなかった。

なぜこのタイミングでここにいるのか、どうして戻ってきたのかなど問いただしたいことはいっぱいある。でも、できなかった。目から大粒の涙がとめどなく零《こぼ》れてきたからだ。涙で滲《にじ》むセシリーの瞳に映るのは逃げ出したはずのウィリアムの背中だった。

※※※

「なっ⁉　な、なんなんだよあいつはっ⁉」

ウィリアムが東門の城壁に到着したのは、ちょうどベヘモスが大樹海から姿を晒《さら》したタイミングだった。大地を震わせるような強烈な咆哮《ほうこう》を聞き、ウィリアムは戦慄を覚える。

『ふむ、どうやらあいつが王のようだな。あれはベヘモス、知恵のある獣だ。状況に応じて罠《わな》を張ることもあるから舐《な》めてかかると痛い目を見るぞ』

「どうすればいい？」

『策ならあるからなにも心配する必要はない。お前は普段の実力さえ発揮すればいい』

「……わかった」

イリスたちという規格外の師匠たちから鍛えられているせいか、この異常事態にもウィリアムは素早く適応できた。

『あいつの倒し方を教えるぞ、聞きもらすなよ』

べヘモスの倒し方についてレクチャーを受ける最中にも状況は刻一刻と変化していた。

その事態に初めに気づいたのはソフィアだ。

『ねえ誰か突っ込んでいくみたいよ』

『あれはセシリーちゃんのようだけど？』

ウィリアムもそちらに注目した。

「なっ、どうしてあいつが突っ込んでいくんだよっ⁉」

『このままだと勝ち目がないと判断して一縷《いちる》の望みに懸けたのでしょう。勇気のある決断です』

理屈はわかるが、イリスの説明を聞く限りべヘモスは見た目に反して知恵が回る。迂闊《うかつ》に飛び込むのは危険というほかない。

『あんたたちを【テレポート】で送り込むことぐらいはできるわよ』

ソフィアが目配せをすると、イリスがこくりと頷いた。

『わたしの説明は終わりだ。あとは好きにやれ、己の信念を貫いてみせろウィリアムっ！』

「言われなくたってそうしてやるよ。行くぞレイン」

『はい、絶対にセシリーさんを助けましょう』

策を授かったウィリアムにレインが憑依《ひょうい》してくる。その直後、ウィリアムの足元に生じた魔術陣がウィリアムの姿を包み込んだ。

そして、

「——なん、で」

一瞬でセシリーとの距離を縮めたウィリアムは、その危機にどうにか間に合うことができた。

「約束しただろ。お前が困っているときはすごい魔導士になった俺が助けに行ってやるって」

「……ばか」

叱られたウィリアムがセシリーを案じるように目を向けると、傷だらけのセシリーは瞳に涙を浮かべてこちらを見ていた。

「覚えているなら……どうして教えてくれなかったの」

「お前との約束を守れる自信が本当になかったんだ。だから覚えていない振りをして恥を掻《か》くことから逃げようとした」

あの日の約束はもう守れないものだと思っていた。

それは遥かなる高みにあって、いくら手を伸ばしたところで届くはずがないものだった。

最弱兵器がいくら足掻《あが》いたところで絶対に追いつけないもののはずだった。

だから忘れた振りをした。

いつまでも何も知らない子供ではいられない。大人に近づくにつれて、身の程を弁《わきま》えて、面と向かって夢を口にすることなどできなくなった。

なにせ自分は最弱兵器。

世界の全てから見下され、侮蔑、愚弄、嘲笑の的となる存在。

強くなろうとしただけで笑われるから、身の程を弁えて怠惰という誹《そし》りを受け入れればこれまで通りの自分でいられるはずだった。

だが、いまは違う。

これまでの自分と決別し、ずっと失っていた誇りをとり戻すための境界上にウィリアムは立っている。人生に正念場というものがあればいまこの瞬間だ。

「こいつらを片付けるから少し待っていてくれ」

「む、無理よ。これだけの数を個人で倒すなんて――」

「むしろ一瞬で倒す気でいるって言ったら笑えるか」

「な、なにを言って――」

最弱兵器らしからぬ台詞《せりふ》を自覚して口にしたのはウィリアムの覚悟の証《あかし》だ。その証は確かにセシリーに伝わったように見えた。

「無事かセシリーっ⁉」

後ろから駆け寄ってきたのは本来陣地で指揮を執っているはずのレオナルトだ。傍《そば》にはゼスの姿もあった。

「ウィリアム、なぜお前がここにいるっ⁉」

「説明はあとだ。セシリーを頼めるか、俺はまだ回復魔術を覚えていないんだ」

「あ、ああ、できないことはない。だが、この状況では──」

モンスターに蹂躙《じゅうりん》されつつある後方の陣地を一瞥《いちべつ》したレオナルトが厳しい表情をしている。

どうにか崩壊せずに陣地としての形を保ってこそいるが、いつ破綻を迎えてもおかしくない状況のようだ。かといってセシリーを見捨てるという選択肢はなく、ゼスとともにここまで斬り込んできたといったところだろう。

「悪いけどお前たちの獲物は俺がもらうぞ。事情があって俺が倒す必要があるんだ、あとで文句を言うなよ」

レオナルトの返事を聞くより先に、ウィリアムは【マジック・アロー】をできるかぎり発現する。大量の魔術陣が出現、その数は十六、三十七、八十四、百十二、百七十二……

さらに数を増やし合計で二百五十六となる。それらはまるでウィリアムの背から翼が生えているかのように布陣していた。

「セシリーを傷つけた借りは返させてもらう」

その直後、合計二百五十六の発射点から【マジック・アロー】が連射された。

続々と、続々と規格外の強力な【マジック・アロー】が放たれ、貫いた標的を活動停止に陥らせていく。

【マジック・アロー】の雨が止《や》んだときには、半包囲していたモンスターたちがことごとく倒れていた。

信じられない光景を目撃したセシリーたちが息を呑《の》み、一瞬の静寂が辺りを包み込む。

これまでの予想を超える力に、セシリーは魅入られたようにつぶやく。

「これは……な、なんていう奇跡なの」

常識を逸脱しすぎた光景に、居合わせたゼスとレオナルトは口を半開きにしたまま言葉を口にできないでいた。

『ウィリアムさん、いまのうちにセシリーさんの治療をするように伝えてください』

(ああ、わかった)

瞬《また》く間《ま》に敵を殲滅《せんめつ》したウィリアムだが経験不足は承知しており、レインからの忠告をそのままセシリーたちに伝える。すると、はっと我に返った顔でレオナルトが尋ねてくる。

「そ、それは大丈夫だが、お前はどうするつもりだ?」

「決まってるだろ、あいつを倒してこのスタンピードを終わらせる」

ウィリアムの瞳に映るのはベヘモスだ。

「なっ⁉ あ、あれを倒せるというのかっ⁉」

「お、おいっ⁉ い、いくらなんでも大ぼら吹きすぎだろっ⁉ どう考えてもあいつは単独で倒せるようなやつじゃないぜっ⁉」

普通に考えたらその通りだが、ウィリアムを導いてくれるのは全てが規格外の英霊たちだ。

「俺も詳しくはわからないんだけど、配下のモンスターをこれだけ倒されればベヘモスの誇りが傷つく。いまのあいつは冷静じゃなくなっているから付け入る隙があるらしいぜ」

ウィリアムが説明した直後、怒りが頂点に達したようにベヘモスが雄叫《おたけ》びを上げた。

「もう少しだけここを守ってくれ。この戦いは俺が終わらせる」

「だ、だが……」

理解の範疇《はんちゅう》を超える出来事の連続に困惑したレオナルトが天を仰ぐ。

規格外すぎるウィリアムを信じればいいのか、それとも信じずに撤退や死守などべつの手段を模索するべきなのか判断がつかないのだろう。

そんなとき、

「ウィル、戦う理由は見つかったの？」

あのとき答えられなかった質問を聞き、ウィリアムはセシリーを見た。

一度戦場を前に逃げた者の言葉を信じてくれるかどうか。

この問いにどう答えるかで全てが決まるような気がした。

「ああ、だから俺はここに来たんだ」

ウィリアムの瞳はただ一点を見据えていた。視線の先にあるのはかつて目を逸《そ》らさざるを得なかったセシリーの瞳。しかし、引け目のないいまはその純粋な碧眼《へきがん》の向こう側が見えるような気がした。

「そう、わかったわ」

セシリーがレオナルトに向き直った。

「わたしはウィルが大量の例外個体を討伐したあとの現場に出くわしたことがあるの。ウィルにできなければ他の誰にもあれを倒すことは無理よ。信じてあげて、ウィルならきっとできる」

「……俺たちは陣地まで後退してイステリアを守る」

「いいのか？」

「お前は規格外すぎて俺には判断がつかないからセシリーの感覚を信じることにした。礼ならセシリーに言うことだ」

レオナルトが肩を竦《すく》めたとき、ゼスに支えられたセシリーがこちらを見る。

「本当に勝てるのね？」

「安心してくれ、あいつは俺が倒す」

『ずいぶんと大口を叩《たた》いたものですね』

（お、お前がいるから大丈夫だと思ったんだよ）

『まあよしとしてあげましょう。珍しくウィリアムさんが気を遣っていたようですし』

指摘されて初めてウィリアムは心境の変化に気づく。無能を受け入れて以来他人のことなどどうでもいいと思っていた。

（そういえばイリスたちはどこにいるんだ？）

『気になりますか？』

（いいや）

イリスたちがなにをしているかはわからないが、どういう存在なのかはわかる。レインが敢《あ》えて説明しないのならそういうことなのだろう。

（いまは目の前のことに集中するよ。ここでヘマをしたらあいつらに合わせる顔がないからな）

「あんな巨大なやつをどうやって倒すって言うんだよ。無謀すぎるぜ」

背後からゼスのぼやく声が聞こえてきた。

単独でベヘモスが率いる一団に立ち向かおうとするウィリアムの姿は、傍目《はため》からは無謀に見えるらしい。だが、当人にとっては決して無謀な挑戦ではない。

『さてイリス様から学んだことを覚えていますか？』

（ああ、当然だろ）

――王をただのモンスターだと思うな、知恵のある獣だと思え。まずは自分ではなく配下のモンスターに戦わせてお前を疲弊させるはずだ。あいつが動き出すまでは周りのモン

スターを潰せ

（行くぞ！）

べヘモスを守るように布陣するモンスターたちをウィリアムは叩き始める。

この場にいる例外個体はべヘモスだけであり、その周囲にいるモンスターたちは全て格落ちだ。これまで例外個体とばかり戦ってきたウィリアムにとっては雑兵と同じだった。

「おい、周りのやつらは放っておけ。あれだけ【マジック・アロー】を放ったんだ。もう余力はほとんど残っていないだろ」

背後からレオナルトの叫ぶ声が聞こえてくるが、かまわずウィリアムは周りのモンスターたちを狩ってやる。圧倒的な力の差で次々と蹴散らす最中、ふとした拍子に一向に動こうとしないべヘモスと目が合った。

初手が決まったウィリアムはにやりと不敵に笑い、狙いを読まれたと悟ったべヘモスが唸《うな》り声を上げる。

『こちらが消耗していないことを気づかれたようです』

（大丈夫だ、いまならとりつける）

モンスターの数を減らし、十分なスペースを確保できたウィリアムはいよいよこのスタンピードの王と対峙《たいじ》する。

縮地を連続行使してベヘモスの周囲を跳ね回りながら、ウィリアムはベヘモスの巨体を斬りつけていく。多数の切り傷がベヘモスの身体《しんたい》に刻まれていくが、ベヘモスの驚異的な治癒力の前では傷はすぐに塞がってしまった。

「いったいなにを考えているんだあいつは。あの巨体を倒すには高火力で一気に殲滅するしかないだろう」

「ひょっとして【マジック・アロー】を使いすぎて魔力が切れかけているんじゃねえか」

「いいえ、そうじゃないわ。ウィルの動きは何かを狙っているものよ」

セシリーの見解通り、ウィリアムは決して無暗《むやみ》に斬りつけているわけではない。

──完成されたモンスターである王は、凝縮された神力が核を形成して強靭《きょうじん》な力を発揮できる。だからベヘモスの体内にある核を潰すべきだ。一度全体を満遍なく傷つけて傷の治り具合を確かめろ
『見つけましたウィリアムさん、右胸の辺りです』

（わかった）

一番傷の治りが早い個所《かしょ》から察しをつけたウィリアムは、次なる一手を打つために魔力を溜《た》める。そんな中、付《つ》き纏《まと》うウィリアムを振り払おうとベヘモスが乱雑に暴れだした。無秩序の動きに耐え切れず、ウィリアムは距離を取る。その直後、ここぞとばかりにベヘモスが仕掛けてきた。

『範囲殲滅攻撃、来ますっ！』

レインの声が聞こえ、ウィリアムは顔を上げる。

ベヘモスの背中にある背びれのように突起した赤毛の部分が一斉に発光現象を始めていた。その直後、背中から無数の雷が放たれた。

「避けろウィリアムっ⁉」

「無理だ、あれだけの数の雷撃は躱《かわ》しようがないぞっ⁉」

集中したウィリアムには背後からの仲間たちの警告すら耳に入っていなかった。

——苛立《いらだ》ったやつは雷の範囲攻撃で潰そうとしてくる。【マジック・アロー】では防ぎきれん。だが、ミオとの修行を経たお前なら躱せるだろう。ここぞというときに使えいまだと思ったからこそ、ウィリアムは脳のリミッターを外した。

直後、周囲を流れる景色が一気に遅くなった。すると一見回避不能に見えたはずの無数の雷撃の中に道が見えた。ウィリアムは間合いを取るのでもなく、避けるのでもなく、その道を辿《たど》るようにして無数の雷撃の中を駆ける。自分に当たる雷撃の軌道だけを正確に見極め、最後に眼《め》の前《まえ》に立ち塞がる邪魔な雷撃を騎士剣で吹き飛ばした！

「ば、馬鹿なっ⁉　な、生身であれを躱しただとっ⁉」

「ど、どうしてあんなことができるんだよっ⁉」

雷撃の弾幕を潜《くぐ》り抜《ぬ》けたとき、ウィリアムの体は実体化するほどの濃い魔力を帯び始めていた。

『予定通り懐《ふところ》に潜り込めました』

（ここからが正念場だな）

――魔力を溜めているお前が大技を放とうとすることをやつは想定しているぞ。当然やつはお前の切り札ごと潰そうとするだろう。だが、臆する必要はない。わたしの力で正面からねじ伏せろ。この一撃で神力の核を破壊するんだ

足を止め、騎士剣を構えるウィリアムがベヘモスと睨《にら》み合《あ》う。

動きを止めたウィリアムを見て、ベヘモスの口に大量の黒い光が集まっていく。

『ウィリアムさん、ベヘモスが神力を駆使した攻撃をしてきます。おそらくはわたしたちだけでなく余波でこの付近一帯を吹き飛ばすくらいの威力があります』

「逃げろウィリアム、あれはヤバいっ⁉」

「おい、あの一撃だとここにいる俺たちもまずいんじゃねえかっ⁉」

レオナルトたちが騒いでいるようだがウィリアムには一切の動揺もない。相手が想定以上の一撃を放とうと、もともとここで決着をつけるつもりだったウィリアムの為《な》すべきことは変わらない。

騎士剣を握る手にぎゅっと力を込める。

その直後、勝利を確信したようにベヘモスの口からこれまで見たことがないほど強大な一撃が放たれた。

『攻撃、来ますっ！』

叫び声にも聞こえる報告を受けながら、ウィリアムは全力で応える。

「わかった。予定通りこの一撃に全てを込めるっ！」

ウィリアムが生み出したのは、イリスから学びし魔剣。右腕の呪詛《じゅそ》にあらんかぎりの魔力を注《そそ》ぎ込み、騎士剣に黒く濃いオーラを纏わせ続ける。その結果、剣身は大剣をも凌《りょう》駕《が》するように著しく膨れ上がっていた。

全身から溢《あふ》れ出《で》る力の全てを一切余すことなく騎士剣に纏わせたウィリアムは決意とともに振り抜いた。

「吹き飛べええええええええええええええ――――っ‼」

ウィリアムが放った黒いオーラによる光の奔流と、ベヘモスの放った黒い光の奔流が衝突する。

二つの力が激しく鬩《せめ》ぎあい、周囲に激しい閃光《せんこう》が飛び散る。

本来であれば最弱兵器であるウィリアムはこの場に立つ運命にはなかった。超越の指輪を手に入れなければそれまで通り怠惰な日々を過ごせていたはずだ。

一生このような危険なこととは無縁でいられたことだろう。

しかし、その結果約束を果たせずセシリーを救えなかったのならウィリアムは一生自分を許せなかったはずだ。

「うおおおおおおお――――っ⁉　これでどうだあああああ――――っ⁉」

ウィリアムの一撃が急激に力を増し、勢いよく黒い光の奔流を引き裂いていく。そのまま勢いが衰えることなくウィリアムの放った黒いオーラは想定外の結果に怯《おび》えるベヘモスを貫いた。ベヘモスは顔面から胴体にかけてを一瞬で吹き飛ばされ、その中には右胸にある核も含まれていた。

これほどの個体であれば核を破壊されない限り、致命傷を与えても再生できたはずだ。

この場の誰もが理解できないことだろうが、桁外れにして計算尽くの一撃は初手にして相手の奥の手を破っていた。

決戦場に一瞬の静寂が生まれる。その後、音もなくベヘモスの巨体が崩れ落ちた。

想像を絶する一撃のせいで、本来ならば上がるべき歓声はまだ聞こえていない。

誰もが最弱兵器の果たした偉業に目を奪われる中、死戦を制したウィリアムは今にも倒れそうになる中で右手を挙げる。

「俺の……勝ちだ」

直後、イステリアの方角から割れんばかりの歓声が沸き上がった。


ウィリアムの偉業の目撃者となったセシリーは思わずつぶやいた。

「ここまで……。人はここまで強くなれるの」

振り返れば戦いは終始圧倒的だった。

相手の手の内を見抜いているかのようにウィリアムは常に機先を制し、怪我《けが》することなくあのベヘモスを討伐してみせた。

その直後、イステリアを襲撃しようとしていたモンスターたちは不意に熱が冷めたかのように散り散りになり始めた。王を失ったことでスタンピードが鎮《しず》まったのだ。

ともすれば国が滅んだだろう事態を終息させてみせたのがウィリアムだ。

それは奇跡であり賞賛されるべきことだ。

だが、この事態をありのまま報告したところでこの国の人々は誰も信じないだろう。

それほど最弱兵器という二つ名は蔑まれている。

しかし、セシリーは生涯忘れないと胸に誓う。

この窮地を救ったのが、この世界の全てから見下された自分の幼馴染《おさななじみ》であることを。

誰よりも案じていたから。

誰よりも信じていたから。

今後世界に名を馳《は》せるであろう英雄の誕生に、いずれ自分も並び立てるような魔導士になるとセシリーは想《おも》いを新たにする。

なぜならばあの約束で、セシリーは世界で二番目に強い魔導士を目指すことを誓っていたからだ。

「おい無事なのかっ⁉　怪我はないのかっ⁉」

「馬鹿野郎、王都に帰るとか言っておきながらちゃっかり駆けつけやがって。格好つけすぎじゃねえのか」

「お、おい小突くなよ。こっちはもう力を使い切って一歩も動けないんだからな」

疲れきって身動きできずにいたウィリアムは駆け寄ったレオナルトたちに両脇から支えられている。

「無茶ばっかりして。あなたになにかあったらどうするつもりなの？」

「こうしないと倒せない相手だったんだ。でも、お前との約束を果たすことができてよかったよ。こういうのは俺の柄じゃないんだけどな」

言いたいことはたくさんある。でも、いまはこの言葉を贈ろう。

「ウィル、ありがとう」

※※※

「これはこれは、気になって結果を見届けてみれば想定外のことが起こりましたね。まさかこの時代にあれを倒せる少年がいるとは」

樹上から一連の戦いを傍観していた使徒は笑みを浮かべている。

計画が失敗したにもかかわらず、好敵手の出現に喜びを覚えている様子だった。

「力ある者たちはマークしていたはずですが、はてさてあの少年はいったい何者なんでしょうね？」

誰に言うでもなく使徒がつぶやいた刹那、背後から【ファイア・ボール】が迫る。直後、使徒は跳ねるようにして躱そうとしたが、正確な狙いで放たれた一撃は使徒が着ていた耐魔ローブを掠《かす》めた。

するとどういった理《ことわり》が働いたのか、あっという間に燃え広がった炎がローブだけを燃やし尽くし、隠されていた使徒の顔が明らかになる。

「おやおや、不意打ちとは卑怯《ひきょう》ですね」

『とぼけるな、わたしたちの存在に気づいていたからわざわざ独り言を口にしていたんだろう』

使徒の前で、不意にイリスたちが実体化する。

どこかで覚醒者がこのモンスターカーニバルの経過を見ていると判断して、周辺を捜索していたのだ。

「久しぶりだな、五大使徒がひとり狂乱のイグニス。まさか貴様と再会できるとは思わなかったぞ」

「こちらこそ、まさかこの時代であなた方に出会うとは思っていませんでした」

睨みつけるイリスたちとは対照的にイグニスは柔和な笑みを崩さない。

「千年ほど会っていませんでしたが、いままでどこに隠れていたのですか？」

「隠れていたとは心外だな」

苛立《いらだ》ちを表に出さずにイリスが尋ねる。

「そんなことより訊《き》きたいことがある。お前たちはなぜこの世界の覇権を握れなかったんだ？」

「そんなことを知らないとは、あなた方は相当長い間世間と隔離していたようですね。いったいなにをなさっていたんですか？」

「くだらない探り合いはよせ。お前たち覚醒者を倒す手を考えていたに決まっているだろう」

「おやおや、そんなに睨まれると怖いですねえ。まあせっかく久しぶりに会えましたから質問に答えてあげましょう。それは――」

理由を聞いたイリスは想定外の内容に顔を歪《ゆが》ませる。

「なにっ⁉　本当かそれはっ⁉」

「さあ、気になるのであれば調べてみたらいいのでは。では、お暇《いとま》させてもらいます」

「待て、イグニスっ⁉」

叫ぶイリスにかまわず、イグニスはその姿を黒い霧に変えて一瞬で姿を消した。魔力の気配は一切しなかったため、イリスたちでさえ全貌を把握しきれない神術によるものだと理解する。

残されたイリスたちの耳に、イグニスの捨《す》て台詞《ぜりふ》が聞こえてきた。

「暫《しばら》くはこの国を実験場にすると決めていますので、あなた方とはまたすぐに会うことになりそうですね」

エピローグ

休日、ユークリウッド魔導学園にて。

「なにを考えているんだねキミは。今度あんな格好つけをしてみろ、わたしがキミを地獄に叩《たた》き落《お》としてやる」

廊下まで聞こえるほどの大きな声で説教をするメイアがものすごい形相でこちらを睨《にら》んでいる。

昨今生じた重大事案のひとつであるため、教師としての気構えも相当なものだろう。わざわざ休日登校を強いて特別に更生させようとする気の入れようだ。

しかし、この程度のことで動じるほどウィリアムは繊細ではなかった。問題児としての地位はとうの昔に確立していたためよくも悪くも説教には慣れている。

「せっかく生き残ったのにそれだと死ぬじゃないですか。珍しく頑張ったのに」

欠伸《あくび》交じりでウィリアムがだるそうに口にすると、メイアはわなわなと肩を震わせて

「ウィリアム」とつぶやき、拳を固く握りしめた。

「この大馬鹿者めえええええええええええええええええ――――――っ!」

「えっ、ちょ、ちょっと待ったっ！　ぷ、ぷぎゃあああああああ――――っ！」

まさか拳が飛んでくるとは思っていなかったウィリアムは椅子から転げ落ちるようにして派手に吹き飛ばされる。

今回の件で苦痛という勉強代を払ってウィリアムが学んだことといえば、学園生の言動に責任を持つ教師という立場を考慮するべきだったことぐらいか。

まあ最後には「内緒という話だがこの場ではわたしとキミしかいないので言わせてもらう、キミはいつかやるやつだと信じていたぞ」と褒められたのでよしとしよう。

長い説教が終わって殴られた頬を摩《さす》りながら廊下に出ると、こちらに気づいたセシリーが声をかけてくる。

「どうだった？」

「ま、いつもと特に変わらなかったんじゃないか」

「呆《あき》れた、そういう意味で訊いているんじゃないわよ」

「むしろお前のほうこそどうだったんだよ？　事後処理が大変だったんじゃないか？」

「そりゃまあ、どこかの誰かをいなかったことにする手伝いをさせられたからね」

東部で生じたスタンピードではセシリーがベヘモスを討伐したということが事実として広まっており、ウィリアムは存在していないことになっている。

これはウィリアムからレオナルトに提案したものだ。意味不明だと困惑するレオナルトを、直感的になにか察したセシリーが説得して承諾させた。

王太子であるレオナルトの威光がどこまで通じるか不明だったが、少なくとも東部遠征からの帰路も、学園に戻ってきてからもウィリアムに対する扱いに変化はなく、いつものように愚弄され、嘲笑され、侮辱される日々が続いている。

「でも、本当によかったの？　自分が倒したんだって公にしなくて？」

「俺一人の力ってわけじゃないからな」

「それが変なのよね。普通あれだけの偉業を成し遂げたならもっと調子に乗っているはずなんだけど」

「やめとくよ、あの程度の力で傲《おご》るなんて馬鹿らしいからな」

「ずいぶんと殊勝なことを言うのね、でもウィルってそんな性格じゃなかったと思うんだけど」

「ま、こっちにも色々あるんだよ」

実際は一人の力ではなく、千年前の英霊たちに鍛えられたうえに知恵まで借りた結果だ。それをウィリアム一人の功績として周りに認知されるのはさすがに心苦しい。

「ところでどういう事情で目立たないように振る舞っているかは教えてもらえないの？」

「わるいな、それはまだ話せないんだ。でも、いつか話せるときが来たらお前にはちゃんと話すよ。でも俺からその話をされるときはとんでもない面倒ごとに巻き込まれるか、全部が解決したあとのどちらかだけどな」

「ふーん、一応話をしてくれる気はあるんだ。まあいいわ、あなたがなにか面倒ごとに巻き込まれているのはあのとんでもない強さを見た時点で察しがついていたし」

「その……迷惑をかけるな」

「ふふっ、いまさらなにを言っているのよ。悪いと思っているならそれで許すわ。それと、わたしはあなたのせいでこれから王城に行って表彰されないといけなくなったから外させてもらうわよ」

「ああ、盛大に祝ってもらってこいよ」

「ばーか」

廊下でセシリーと別れると、不意に声がする。

『頑張ったのだから、お前が少しぐらい調子に乗っても笑って見過ごしてやるぞ』

『ちょっとだけならあたしもいいと思うわ。あんたが修行を頑張ったのは本当のことだし』

『あんまり斜に構えないで頑張った自分を素直に褒めてあげてもいいんじゃないかな』

（お前らみたいなヤバい師匠たちがいるのにあの程度で調子に乗るほど頭は悪くねえよ）

『殊勝なのはいいことですねウィリアムさん』

天の頂を知っている以上、自分はまだまだ井《い》の中《なか》の蛙《かわず》だという自覚はある。

（そういえば今日はお前らが勢揃《せいぞろ》いだけどなにか用事でもあるのか？）

普段通りならレインだけのはずだが。

『ああ、じつはお前に大事な話がある』

（げっ、また無理難題をふっかけるつもりじゃないだろうな）

『そんな話じゃないから安心しろ』

（まあそういうことなら。お前たちにもなんだかんだで世話になったしな）

いつものように屋上に向かうと、自分たち以外の姿は見当たらないので、ウィリアムは声を出すことにする。

「俺の活躍を伏せておけば暫《しばら》くは安全だっていうのは本当だろうな？」

『ああ、お前のことを潰そうとする連中は今後出てくるだろうが、目立たないように心がけていれば当面は安全だろう』

「ならこれからはゆっくり過ごせそうだな。それで大事な話っていうのは？」

『ここからはわたしが説明させてもらいます』

軽く咳払《せきばら》いをしたレインが一歩前に出てきた。

『これまでイリス様たちはウィリアムさんのことを欺いて無理やり修行させてきましたが、あらためてウィリアムさんから教えを乞《こ》われたことでウィリアムさんを正式な弟子として迎え入れることになりました。そこで贈り物を用意させてもらいました』

「贈り物？」

『千年前では弟子を受け入れる際、師から今後の糧《かて》となるように指輪を贈る習慣があったんです。ですが、ウィリアムさんはすでにお持ちですよね？』

「この指輪か。そういえばこれってそんなに価値があるものなのか？」

『まあな。わたしたちから得られる恩恵を鑑《かんが》みれば超越の指輪を巡って国同士が争いになってもおかしくはないだろう』

「げっ⁉　薄々気づいてたけど、やっぱりこれはとんでもないものだったんだな。いや、待てよ。つーことは俺がこれをこの国に売り払っちまえばお前らと別れることができるうえにもう一生働かなくてもいいんじゃないか」

『そんな馬鹿なことを本気で言っているなら、いますぐあたしがこの場であんたを吹き飛ばすわよ』

『ウィル君、さすがに言っていいことと悪いことがあるよ』

「じょ、冗談だって。なにも知らない昔ならそんなことをしたかもしれないけど、お前たちのお陰でいまの俺があるんだ。それぐらいのことはわかってるよ」

『念押しするが、お前が手にした指輪はこの世界で最も貴重な魔導具だ。それ以上に価値があるものなど存在しない。絶対に失《な》くすな』

ウィリアムは右手の人差し指にある指輪をまじまじと眺めた。

『話を戻しますね。ウィリアムさんはすでに指輪をお持ちなので、贈り物としてなにか別のものを用意したほうがいいという結論に至り、わたしたちから新しい姓を用意することにしました』

「家名ってことか？」

『ああ、お前はわけあって家名を名乗れないのだろう。貴族にとって家名を奪われるという事態は誇りを失うに等しい。しかし、わたしたちはお前に自分という存在を誇りに思ってもらいたいんだ。だから、わたしたちが考えた家名をお前に贈らせてもらうことにした』

にやりと不敵な笑みを浮かべたイリスが宣言する。

『ハイアーグラウンド。誰もが辿《たど》り着《つ》けなかった遥《はる》かなる高みに至るという意味だ。今日からはこの家名を名乗るといい』

「俺にはぜんぜん合ってないだろ、高みに昇ろうなんて考えたことはないぜ」

『不満か？』

ウィリアムが素直に頷《うなず》いた。

「まあな。でも、せっかくあんたたちが考えてくれたんだからこれからはそう名乗ることにするよ」

ベヘモスとの戦いの際に力になってくれたお礼を兼ねて、いまだけ理想の弟子を演じることにする。気恥ずかしいがこれも師匠たちへの恩返しだと自分に言い聞かせた。

「俺の名はウィリアム・ハイアーグラウンド、世界最強の魔導士になる男だ！」

※※※

ユークリウッド王国王城にて。

「セシリー・クライフェルトはたしかに優秀ですが、報告にあったべヘモスを倒せるとは思えませんね」

とある少女がレオナルトを追及していた。

見た目はレオナルトより僅かに幼く、レオナルトと同じ金髪碧眼《へきがん》の少女だった。

「なにを言っているかさっぱりわからんな」

とぼけてみせるレオナルトだったが、額には僅かに脂汗が浮かんでいる。

「そういえばレオ兄様、兵たちの間で妙な噂《うわさ》があるのをご存じですか？」

「どんな噂だ？」

「最弱兵器がべヘモスを倒したという話を複数の兵士たちがしているそうですよ。真偽を確かめようとしたのですが、緘口《かんこう》令でも布《し》いてあるのか、不思議なことに誰もわたくしからの質問には答えられないそうです」

「さあ知らないな。俺は式典があるからもう行くぞ。東部で頑張った者たちを労《ねぎら》ってやらねばならん」

退室するレオナルトを見届けたあと、少女がつぶやく。

「ふーん、レオ兄様が庇《かば》い立《だ》てするほどにはまともな人材ということですか。しかし、妙ですね。最弱兵器とはあのノアブラッド家を追放された失敗作のはず。覚醒者の計画を破綻させるどころか、そもそも争う理由すらないはずなのに」

顎に手を当てて少女は考える。

「だとすれば別の思惑があってのこと？　そういえばあの学園には超越の指輪が眠るという情報があったはず。もし本当だとすれば調査したほうがよいということでしょうか」

やがてその少女――カノン・ユークリウッド王女が結論を導く。

「ウィリアム・ノアブラッド、不確定因子として殺害したほうがよさそうですね」

あとがき

この度はお買い上げいただきありがとうございます！　諸星悠《もろぼしゆう》です！

今回は、最弱の少年が最強の師匠たちから指導を受けて強くなるというお話です。幾つか出した企画の中から編集長に拾っていただき、その後編集部からアドバイスを受け、ご覧のようにできあがりました！

ラノベが出版されるのは本当に数年ぶりでして、自分の人生で今後何をするにしても2作目を出してからと決めていたので本を出すことができてうれしい限りです。こちらの作品で読者の皆様にご満足いただけるとさらにうれしいのですが、どのように映りましたでしょうか。ただでさえ拙《つたな》い上に長期のブランクがあったため、お見苦しいところもあったかとは存じますが、少しでも楽しんで頂ければ幸いです！

新作を描くにあたり内容をどうするのか悩んだのですが、結果として前作の売りである教官もの要素を引き継ぐ作品となりました。イメージとしては「なろう系」の1〜3話までの爽快感――無能な少年が突然強力なスキルに覚醒して目の前の敵をなぎ倒していく、というバトル漫画の王道とでも呼ぶべきものに教官もの要素を加えた作品になります。

教官ものの要素がある作品はそれなりに描いた経験がありスケジュール通り順調に進むと思っていたのですが、ブランクが長いこともあってかぜんぜん思ったように描けず、締め切りの日時にも追われており、まだ手を入れるべきところがあったのではないか、とあとがきを書いているいまも思い返しているところです。非常に悔しい。しかも「空戦《くうせん》」を描いていた当時といまとではトレンドがまるで違いますので、読者の皆様にどのように映るのか、というデビューしたときの緊張感を10年振りに味わうこととなりました。

さらに新作と言えばタイトルを考える必要があるのですが、僕は正直タイトルを考えるのが苦手で、担当編集様に手伝ってもらってピンと来たものを選ぶことにしました。

当初はタイトルに「美少女」を入れることに抵抗があったのです（じつはわたしは美少女という表現に抵抗があります、ラノベ作家の中ではわりと珍しいほうかもしれません）が、カバーのレイアウトでタイトルを挿入したものを見ると不思議と抵抗感が消えていました。いまではとてもいいタイトルだと思っております！　美少女最高（笑）。

そして書き上げてからは「空戦」のときと同じように怒涛《どとう》の誤字脱字修正があり、デビュー以来進歩してないな、という懐《なつ》かしさを味わうことに趣《おもむき》を感じる歳になってしまいました。いや、まだデビュー2作目なのですが一気に歳を取ってしまいました（汗）。2作目を出すのが遅れてしまい、楽しみにしていた読者の皆様には本当に申し訳ございませんでした。

繰り返しになりますが、読者の皆様に少しでも楽しんで頂ければ幸いです！

さて前作以降、なぜ長年の空白期間が存在したかというと、過去数年の編集部とのやりとりで発生した件で心労が募り、長期にわたって体調を崩していたからです。

またこちらは読者の皆様には関係のないことなのですが、この件に付随《ふずい》して出版予定のあった取引先様をはじめとする関係各所にとんでもないご迷惑をお掛けしてしまいましたのでこの場でお詫《わ》びさせてください。誠に申し訳ございません！

ちなみに3、4年にわたる調査及び協議を経てこの件は和解に至りました。

この件については失ったものがあまりに多く、もう取り戻せないものがいくつもあります。ですがなろう系の追放される主人公の如《ごと》くいつか努力が報われることがあるさぐらいの感覚で、今後も作家として活動を続けようと思います。

（※注記：誤解がないように申し上げますが、いまの担当編集者様との関係は良好です！）

最後に謝辞を。

担当編集さまへ。いつもお世話になっております。難しい状況の中、お仕事をしていただきありがとうございました。今後とも何卒《なにとぞ》よろしくお願いいたします。

kodamazon さまへ。大変綺麗《きれい》なイラストをありがとうございます。モチベーション、ぐっとあがりました！

関係者の皆様へ。流通や販売、印刷など、いつもお世話になっております。ありがとうございます。

読者の皆様へ。皆様のお陰で、ここまで来ることができました。ありがとうございます。これからも応援をよろしくお願いいたします。

もし運よく続刊が出版されることがあれば、次回はウィリアムたちがいる学園に刺客が訪れる2巻でお会いしましょう！

富士見ファンタジア文庫

美少女揃《びしょうじょぞろ》いの英霊《えいれい》に育《そだ》てられた俺《おれ》が人類《じんるい》の切《き》り札《ふだ》になった件《けん》

令和5年12月20日　初版発行

著者——諸星《もろぼし》 悠《ゆう》

発行者——山下直久

発　行——株式会社KADOKAWA
〒102-8177
東京都千代田区富士見2-13-3
0570-002-301（ナビダイヤル）

印刷所——株式会社暁印刷

製本所——本間製本株式会社

ISBN978-4-04-075223-5 C0193 ◇◇◇

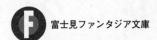

これは世界を救う
久遠崎彩禍。三〇〇時間に一度、滅亡の危機を迎える世界を救い続けてきた最強の魔女。そして——玖珂無色に身体と力を引き継ぎ、死んでしまった初恋の少女。
無色は彩禍として誰にもバレないよう学園に通うことになるのだが……油断すると男性に戻ってしまうため、女性からのキスが必要不可欠で!?
シン世代ボーイ・ミーツ・ガール!
王様のプロポーズ
1
King Propose
橘公司
Koushi Tachibana
[イラスト]——つなこ

最強の初恋
シリーズ
好評発売中!
ファンタジア文庫

騙しあい。

各国がスパイによる戦争を繰り広げる世界。任務成功率100%、しかし性格に難ありの凄腕スパイ・クラウスは、死亡率九割を超える任務に、何故か未熟な7人の少女たちを招集するのだが――。

シリーズ
好評発売中！

ファンタジア文庫

世界最強の
“不可能任務”に挑む少女たちの
痛快スパイファンタジー！
スパイ教室
竹町
illustration
トマリ

この少年
すべてが
天上優夜《てんじょうゆうや》
異世界で
レベルアップした結果、
最強の身体能力を
手に入れた少年
シリーズ好評発売中！

I got a cheat ability in a different world, and became extraordinary even in the real world.

チートすぎる

異世界でチート能力《スキル》を手にした俺は、現実世界をも無双する

～レベルアップは人生を変えた～

著：美紅
イラスト：桑島黎音

幼い頃から酷い虐めを受けてきた少年が開いたのは『異世界への扉』だった！ 初めて異世界を訪れた者として、チート級の能力を手にした彼は、レベルアップを重ね……最強の身体能力を持った完全無欠な少年へと生まれ変わった！ 彼は、2つの世界を行き来できる扉を通して、現実世界にも旋風を巻き起こし——!? 異世界×現実世界。レベルアップした少年は2つの世界を無双する！

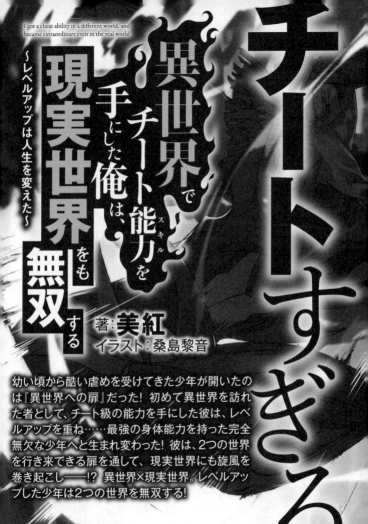

無自覚最強×ハーレム！シリーズ
好評発売中！
妹が女騎士学園に入学したらなぜか救国の英雄になりました。
僕《ぼく》が。
After my sister enrolling in Girl Knights' School, I become a HERO.
author.
ラマンおいどん
ill. なたーしゃ
ファンタジア文庫

だって学園の誰より
兄さんのが
強いですから

STORY

妹を女騎士学園に送り出し、さて今日の晩ごはんはなににしよう、と考えていたら、なぜか公爵令嬢の生徒会長がやってきて、知らないうちに女王と出会い、男嫌いのはずのアマゾネスには崇められ……え？　なんでハーレム？